Der Duft von *Thymian*

Rade Kolbas & Rada Mikić

ISBN: 9783039900046

Inhalt

Kapitel 1: Der Duft von Thymian

Milena senkte den Blick auf ihre Hände. Die feinen Altersflecken waren ihr erst in den letzten Monaten aufgefallen – kleine braune Inseln auf ihrer sonst noch erstaunlich glatten Haut. Mit ihren neunundsechzig Jahren sah sie jünger aus, als sie war, auch wenn die grauen Strähnen in ihrem dunklen Haar keine Färbung mehr überdecken konnten. Das milde Septemberlicht, das durch das Küchenfenster ihrer Karlsruher Wohnung fiel, ließ die Falten auf ihrem Gesicht weicher erscheinen.

Der Duft von frischem Thymian stieg ihr in die Nase. Sie hatte die Kräuter am Morgen auf dem Markt gekauft, einem Impuls folgend, als sie an dem Stand mit den mediterranen Gewürzen vorbeigegangen war. Der würzige Geruch hatte sofort Erinnerungen geweckt – an ihre Großmutter Rinka und ihr Geheimrezept für Rühreier mit Thymian. Die Geschichte dieses Rezepts hatte Oma Rinka ihr oft erzählt: Sie hatte es in ihrer Jugend in Montenegro gelernt, während eines Sommers in Budva, als sie sich unsterblich in einen Fischer verliebt hatte. Die Liebe war unglücklich geblieben, aber das Rezept hatte sie ihr Leben lang begleitet. "Manchmal", hatte Oma Rinka immer gesagt, während sie die Thymianzweige vorsichtig über die dampfenden Eier streute, "sind es die kleinen Dinge, die von einer großen Liebe bleiben. Ein Duft, ein Geschmack, eine Erinnerung."

Der 5. Mai 1980 hatte ihr Leben für immer verändert. Es war der Tag nach Titos Tod gewesen, als sie in Karlsruhe ankam. Die Straßen Belgrads waren noch voller weinender Menschen gewesen, als sie zum Bahnhof fuhr. Mit vierundzwanzig Jahren, einem abgebrochenen Germanistikstudium und zwei Koffern hatte sie sich auf den Weg gemacht. Sie erinnerte sich noch genau an das Gefühl – diese Mischung aus Verzweiflung und Hoffnung, als der Zug die jugoslawische Grenze überquerte.

Deutschland war für sie damals ein Sprung ins kalte Wasser gewesen. Ihre Deutschkenntnisse aus dem Studium hatten sich als nicht so perfekt erwiesen wie gedacht, aber sie hatte sich durchgebissen. Und dann hatte sie Alexander kennengelernt – ihren Sasha, wie sie ihn immer genannt hatte. Er war Ingenieur beim städtischen Bauamt gewesen, ein großgewachsener Mann mit sanften Augen und einer leisen Art zu sprechen, die sie von Anfang an fasziniert hatte. "Sasha", hatte sie ihn gleich bei ihrer ersten Begegnung genannt, und das Lächeln, das daraufhin sein Gesicht erhellt hatte, würde sie nie vergessen.

Das Telefon klingelte und riss sie aus ihren Gedanken. Es war Linda aus dem Haus gegenüber, eine pensionierte Grundschullehrerin, die seit dem Tod ihres Mannes vor drei Jahren allein lebte.

"Milena? Ich wollte fragen, ob du Lust hast, einen Kaffee mit mir zu trinken. Ich habe einen Zwetschgenkuchen gebacken."

Milena zögerte kurz. Sie mochte Linda, aber in letzter Zeit hatte sie sich immer mehr zurückgezogen, hatte ihre Tage mit Lesen verbracht und alte Fotos sortiert. Seit Sashas Tod vor fünf Jahren war ihr die Kraft für soziale Kontakte abhanden gekommen. Die Kinder – zwei Söhne – lebten in München und Hamburg, kamen nur selten zu Besuch. Sie hatte sich in ihrer Einsamkeit eingerichtet wie in einem zu groß gewordenen Haus.

“Gerne”, hörte sie sich zu ihrer eigenen Überraschung sagen. “Soll ich in einer halben Stunde rüberkommen?”

Nach dem Auflegen blieb sie noch einen Moment sitzen. Ihr Blick fiel auf das aufgeschlagene Buch neben dem Thymian: “Reisen mit Herodot” von Ryszard Kapuściński. Sie hatte es gestern im Antiquariat in der Kaiserstraße entdeckt, zwischen verstaubten Kunstbänden und vergilbten Romanen. Die Art, wie der polnische Reporter die Welt beschrieb, erinnerte sie an ihre eigenen Träume vom Reisen, die sie als Studentin in Belgrad gehabt hatte. Damals, in den späten Siebzigern, hatte sie oft davon geträumt, nach Paris zu gehen, Schriftstellerin zu werden. Stattdessen war sie nach Karlsruhe gekommen, hatte einen Job in einer Spedition angenommen, weil das Leben praktische Entscheidungen verlangte.

Sie stand auf und ging ins Bad, um sich die Haare zu kämmen. Im Spiegel sah sie eine Frau, deren dunkle Augen noch immer von der Neugierde ihrer Jugend erzählten.

Vielleicht ist es genau diese Neugier, die mich in letzter Zeit so unruhig macht.

War es die alte Sehnsucht nach dem Unbekannten, die sie jahrzehntelang unter dem Gewicht von Alltag und Pflichten begraben hatte?

Der Zwetschgenkuchen bei Linda war noch warm, der Kaffee stark und schwarz, wie sie ihn mochte. Sie saßen in Lindas kleinem Wintergarten, umgeben von üppigen Grünpflanzen und dem leisen Plätschern eines Zimmerbrunnens.

"Du siehst nachdenklich aus", bemerkte Linda und schob Milena ein zweites Stück Kuchen zu.

"Ich habe in letzter Zeit viel über mein Leben nachgedacht", antwortete Milena langsam. "Weißt du, gestern habe ich in einer alten Schachtel mein erstes selbstverdientes Geld gefunden – einen Hundert-Mark-Schein, den ich mir damals extra aufgehoben hatte. Ich hatte drei Monate lang in einer Eisdiele geschuftet, direkt nach meiner Ankunft hier. Die Chefin war eine alte Italienerin, die kein Wort Deutsch sprach. Wir haben uns mit Händen und Füßen verständigt, und am Ende hat sie mir diesen Schein geschenkt, zusätzlich zum Lohn. 'Per il tuo futuro', hat sie gesagt – für deine Zukunft. Ich hab den Schein nie ausgegeben. Lustig, wie manche Dinge einen ein Leben lang begleiten, ohne dass man es merkt."

"Kannst du den überhaupt noch umtauschen?" fragte Linda und nahm einen Schluck Kaffee. "Die D-Mark ist doch schon ewig weg."

Milena lachte leise. "Bei der Bundesbank ginge das wohl noch. Aber weißt du was? Ich will gar nicht. Der Schein ist wie eine kleine Zeitkapsel. Wenn ich ihn anfasse, spüre ich wieder den Geruch von frischer Waffel und geschmolzener Schokolade, höre das Klirren der Eisbecher und das italienische Geschnatter von Signora Rossi. Manchmal sind Erinnerungen mehr wert als Geld."

Sie strich sich eine Haarsträhne aus dem Gesicht. "Genau deshalb denke ich in letzter Zeit auch so viel über das Reisen nach. Man sammelt dabei keine Reichtümer, aber Momente, die einen ein Leben lang begleiten."

Linda stellte ihre Kaffeetasse ab und sah sie aufmerksam an. "Du sprichst, als hättest du schon konkrete Pläne."

"Noch nicht richtig", sagte Milena. "Aber ich träume von mehr als nur einem Wochenende in Paris oder Wien. Ich möchte richtig los, verstehst du? Europa sehen, Menschen treffen, Geschichten sammeln."

Sie erwartete ein höfliches Lächeln, vielleicht einen gut gemeinten Einwand über ihr Alter oder die Risiken. Stattdessen leuchteten Lindas Augen auf.

"Das klingt wunderbar! Weißt du, mein Mann und ich hatten auch mal solche Pläne. Wir wollten mit einem Wohnmobil durch Südeuropa fahren, die kleinen Dörfer erkunden, das echte Leben kennenlernen. Aber dann wurde er krank, und danach..." Sie verstummte kurz. "Man sollte seine Träume nicht zu lange aufschieben."

Die beiden Frauen sahen sich an, und plötzlich war da eine Verbindung, die über höfliche Nachbarschaft hinausging. Zwei Witwen, die das Leben noch nicht aufgegeben hatten.

"Ich könnte bei meiner Cousine Ljubica in Belgrad anfangen", überlegte Milena laut. "Sie lädt mich seit Jahren ein. Von dort aus könnte ich nach Griechenland, vielleicht Italien..."

Die Worte hingen zwischen ihnen in der Luft, voller Möglichkeiten. Draußen zogen Wolken über den Herbsthimmel, aber in Lindas Wintergarten war es warm und hell.

Am Abend, zurück in ihrer Wohnung, holte Milena einen alten Atlas hervor. Die Seiten waren vergilbt, manche Länder trugen noch ihre sozialistischen Namen. Sie hatte den Atlas 1980 gekauft, kurz nach ihrer Ankunft in Deutschland. Damals hatte sie die Entfernungen studiert, hatte mit dem Finger die Strecke von Belgrad nach Karlsruhe nachgezeichnet und sich gefragt, ob sie je zurückkehren würde.

Der Duft des Thymians hing noch immer in der Küche. Sie hatte die Zweige in eine kleine Vase gestellt, neben das Foto von Sasha. Er lächelte sie an, wie er es immer getan hatte – warm, ermutigend, ein wenig schelmisch. Sie erinnerte sich an den Moment, als sie ihm zum ersten Mal von ihrer überstürzten Flucht aus Jugoslawien erzählt hatte, von ihren unvollendeten Studienjahren, von ihrer Angst vor der Zukunft. Er hatte nur genickt und gesagt: „Manchmal muss man springen, um fliegen zu lernen."

„Was meinst du?" fragte sie das Bild leise. *Ist es verrückt, mit neunundsechzig noch einmal alles hinter mir zu lassen?*

Das Foto antwortete nicht, doch sie wusste, was er gesagt hätte: Er hatte ihre Reiselust immer verstanden, auch wenn er selbst am liebsten zu Hause geblieben war. *Das Leben ist zu kurz für Angst,* hatte er oft betont.

So begann sie zu planen. Der erste Schritt war ein Anruf bei Ljubica. Ihre Cousine war außer sich vor Freude. „Endlich! Ich habe dich seit deinem letzten Besuch vor fünf Jahren nicht mehr gesehen. Das Gästezimmer steht bereit. Und denk dran, im Oktober ist das Wetter hier noch herrlich."

Als Nächstes suchte Milena nach Zugverbindungen: Nachtzug nach Wien, dann weiter nach Belgrad. Sie würde sich ein Interrail-Ticket kaufen, um spontan entscheiden zu können, wie lange sie wo bleiben wollte.

Die nächsten Tage waren geprägt von ungewohnter Geschäftigkeit. Zuerst ein gründlicher Gesundheits-Check beim Arzt – samt Rezepten für drei Monate. Dann durchforstete sie mit Linda ihren Kleiderschrank, sortierte Ausgedientes aus und besorgte dafür praktische Reisekleidung, bequeme Wanderschuhe und einen leichten Rollkoffer.

„Du musst auf jeden Fall mehrere Lagen tragen können", riet Linda beim Einkauf. „Der Oktober kann überall seine Kapriolen spielen."

Am Tag der Abreise herrschte in Milenas Wohnung ein kontrolliertes Chaos. Der Koffer stand halb gepackt im Flur, die Pflanzen würde Linda gießen. Milena hatte den Nachtzug nach Wien gebucht, der sie durch die Dunkelheit tragen sollte, hinein in etwas völlig Neues.

Sie trat ans Fenster und betrachtete die Lichter der Stadt in der Dämmerung. Siebenundvierzig Jahre hatte sie hier gelebt – ein halbes Leben mit Sasha, zwei Söhnen, ein Zuhause, das nun leer war.

Was hält mich noch?

In ihren Träumen war sie oft in Zügen unterwegs gewesen,

das Gesicht in der Sonne, umgeben von fremden Menschen, die sich dennoch vertraut anfühlten. Jetzt, mit dem Ticket in der Hand, spürte sie eine Aufregung, die sie lange nicht gekannt hatte. Nicht nur eine Reise durch Europa stand bevor, sondern vielleicht ein neuer Abschnitt ihres Lebens.

Kapitel 2: Wiener Begegnungen

Der Nachtzug nach Wien hatte Karlsruhe kurz nach acht Uhr verlassen. Milena saß in einem Abteil zweiter Klasse und beobachtete, wie die vertrauten Umrisse ihrer Wahlheimat in der Dämmerung verschwanden. Sie hatte einen Fensterplatz ergattert, ihr kleiner Rollkoffer stand im Gepäcknetz über ihr.

“Ist hier noch frei?”

Eine junge Frau stand in der Abteiltür, einen schweren Rucksack auf den Schultern und eine übergroße Handtasche am Arm. Sie hatte kurzes, dunkelrotes Haar und trug eine rundgerahmte Brille, die ihr etwas Intellektuelles gab.

“Natürlich”, sagte Milena und deutete auf den freien Platz ihr gegenüber.

“Ich bin Sophie”, stellte sich die junge Frau vor, während sie ihren Rucksack verstaute. “Ich fahre bis Budapest.”

“Milena. Ich steige in Wien aus.” Sie beobachtete, wie Sophie sich setzte und sofort begann, in ihrer Handtasche zu kramen. “Budapest ist eine schöne Stadt.”

„Ja“, Sophie lächelte verträumt. „Mein Freund lebt dort. Wir haben uns vor drei Jahren bei einem Austauschsemester kennengelernt. Seither pendeln wir hin und her, so oft es geht.“

Sie zog ein Foto aus ihrer Tasche – ein junger Mann mit dunklen Locken vor der Fischerbastei. „Das ist Mátyás. Er promoviert in Kunstgeschichte. Er kann stundenlang über alte

Fresken sprechen, ohne es zu merken. Beim ersten Date hat er mir eine halbe Stunde lang begeistert von einer byzantinischen Ikone erzählt, bevor ihm einfiel, dass er mir vielleicht erst mal eine Frage über mich stellen sollte.“ Sie lachte leise. „Ich fand es süß. Ich glaube, ich habe mich in genau diesem Moment in ihn verliebt.“

Die Fernbeziehung der beiden erinnerte Milena an ihre eigene Jugend, an die Sehnsucht und das Warten auf Briefe. “Das muss schwer sein, diese Distanz.”

“Manchmal”, gab Sophie zu und strich über das Foto. “Aber wissen Sie, was seltsam ist? Die Distanz macht unsere gemeinsamen Momente intensiver. Jedes Wiedersehen ist wie ein kleines Wunder.” Sie lachte verlegen. “Das klingt wahrscheinlich sehr kitschig.”

“Nein”, sagte Milena sanft. “Das klingt nach Liebe.”

Sie unterhielten sich, während der Zug durch die Nacht rollte. Sophie erzählte von ihrem Studium der Vergleichenden Literaturwissenschaft in Freiburg, von den Plänen, nach ihrer Masterarbeit vielleicht nach Budapest zu ziehen. “Aber manchmal frage ich mich, ob ich das wirklich will. Ein ganzes Leben umkrempeln für die Liebe – ist das vernünftig?”

Milena dachte an ihren eigenen Weg, an die junge Frau, die sie einst gewesen war, mit einem abgebrochenen Studium und dem Mut zur Veränderung. “Weißt du”, sagte sie, “manchmal ist die vernünftigste Entscheidung, nicht nur auf die Vernunft zu hören.”

Irgendwann schlief Sophie ein, das Foto noch immer in der Hand. Milena blieb wach, beobachtete die vorbeiziehenden Lichter und dachte über die verschiedenen Arten der Liebe nach, die das Leben bereithielt.

So viele Varianten von Glück und Sehnsucht... Und jede hat ihren eigenen Preis.

Sie sah die junge, hoffnungsvolle Liebe Sophies, ihre eigene lange, erfüllte Ehe mit Sasha und all die anderen Formen von Zuneigung, die sie auf ihrem Weg gekreuzt hatten.

Der Morgen dämmerte bereits, als der Zug in den Wiener Hauptbahnhof einrollte. Die ersten Sonnenstrahlen ließen die Glaskuppel des imposanten Gebäudes leuchten. Milena hatte kaum geschlafen, aber sie fühlte sich erstaunlich frisch, als hätte die bloße Tatsache der Bewegung, des Unterwegsseins, neue Energie in ihr geweckt.

Eigentlich hatte sie nur umsteigen wollen. Der Zug nach Belgrad würde erst am Abend fahren, und sie hatte geplant, die Stunden in der Bahnhofshalle zu verbringen, vielleicht ein Buch zu lesen oder Postkarten zu schreiben. Doch als sie aus dem Zug stieg und der charakteristische Geruch der Stadt sie traf – eine Mischung aus frisch geröstetem Kaffee, feuchtem Laub und dem würzigen Duft gebrannter Maroni von einem der Straßenstände –, spürte sie einen unerwarteten Impuls.

“Warum nicht?”, murmelte sie zu sich selbst und rollte ihren Koffer zum Schließfach. Sie hatte Zeit, ein Interrail-Ticket, und vor allem die Freiheit, spontan zu sein. Das war doch einer der Gründe gewesen, warum sie diese Reise angetreten hatte.

Die Morgensonne vergoldete die Fassaden der Gründerzeithäuser, als sie durch die Straßen schlenderte. Wien war ihr nicht fremd – sie war in den vergangenen Jahrzehnten mehrmals hier gewesen, meist auf der Durchreise nach Belgrad. Aber diesmal fühlte es sich anders an. Sie war nicht auf der Durchreise, sie war auf einer Reise. Der kleine, aber bedeutsame Unterschied brachte sie zum Lächeln.

Nach einer Weile fand sie sich in einer ruhigeren Seitenstraße wieder. Die Otto-Bauer-Gasse, wie ein Straßenschild ihr verriet, lag abseits des Touristenstroms. Ihr Blick fiel auf ein unscheinbares Schild: Café Jelinek. Etwas an der schlichten Eleganz des Eingangs zog sie an.

Als sie die Tür öffnete, empfing sie der Duft von frisch gebackenem Kuchen und kräftigem Kaffee. Das Café war ein Zeitkapsel – dunkles Holz, leicht abgewetzte Polsterbänke, ein alter schmiedeeiserner Holzofen in der Ecke. An den Wänden hingen vergilbte Zeitungsausschnitte und verblichene Fotografien. Die wenigen Gäste saßen vertieft in ihre Zeitungen oder Gespräche, als wären sie Teil des Inventars.

"Einen Melange, bitte", bestellte sie bei der Kellnerin, die sie mit der typisch wienerischen Mischung aus Förmlichkeit und Gleichgültigkeit zu einem freien Tisch geleitete. "Und... was können Sie empfehlen?"

"Den Guglhupf", kam die prompte Antwort. "Hausgemacht, nach einem alten Rezept."

Milena nickte und ließ ihren Blick durch den Raum schweifen. Am Nebentisch saß ein älterer Herr, der sie an einen ihrer

Professoren aus Belgrad erinnerte – die gleiche aufrechte Haltung, die gleiche konzentrierte Art, mit der er in einem abgegriffenen Buch las. Seine silbernen Haare waren sorgfältig zurückgekämmt, und seine randlose Brille saß perfekt auf seiner schmalen Nase.

Als hätte er ihren Blick gespürt, sah er auf. Seine Augen waren von einem überraschend klaren Blau, und sein Lächeln hatte etwas Einladendes.

“Neu hier?”, fragte er auf Deutsch mit einem leichten österreichischen Akzent.

Sie nickte. “Ist das so offensichtlich?”

“Nur für jemanden, der seit vierzig Jahren jeden Morgen hier sitzt.” Er deutete auf den freien Stuhl an seinem Tisch. “Wenn Sie möchten... manchmal ist es schöner, nicht allein zu frühstücken.”

Milena zögerte nur kurz. Warum nicht? War das nicht genau die Art von unerwarteter Begegnung, die sie sich erhofft hatte?

“Danke”, sagte sie und setzte sich. “Ich bin Milena.”

“Professor Gabriel Berger”, stellte er sich vor. “Emeritus der Philosophie an der Universität Wien. Aber das klingt zu förmlich für ein Café-Gespräch. Nennen Sie mich Gabriel.”

Die Kellnerin brachte Milenas Melange und den Guglhupf. Der Duft des Kuchens erinnerte sie an Sonntage in ihrer Kindheit.

“Sie sind auf der Durchreise?”, fragte Gabriel, während er seine eigene Tasse hob.

Milena zögerte kurz und lächelte dann. “Eigentlich ja. Ich wollte weiter nach Belgrad – dort lebt meine Cousine. Aber dann dachte ich mir, warum nicht noch ein bisschen hierbleiben? Manchmal muss man seinen Plänen eine Chance geben, sich zu ändern.”

Gabriel lehnte sich in seinem Stuhl zurück und musterte sie freundlich. “Belgrad also. Eine faszinierende Stadt. Ich liebe sie, war schon einige Male dort, um Gastvorlesungen zu halten. Die Energie der Menschen, dieser besondere Mix aus Herzlichkeit und Leichtigkeit... Wann immer ich die Möglichkeit habe, reise ich hin.”

Seine Worte ließen Milenas Augen aufleuchten. “Sie kennen Belgrad wirklich? Ach, das freut mich zu hören! Ich stamme nämlich eigentlich von dort, lebe aber mittlerweile in Karlsruhe. Und ganz ehrlich: Manchmal vermisse ich diesen lockeren, warmherzigen Umgang. Die Leute in Karlsruhe sind freundlich, schon, aber eben doch zurückhaltender.”

“Das kann ich mir vorstellen”, sagte Gabriel. “Die Gastfreundschaft der Serben ist etwas ganz Eigenes. Aber darf ich fragen, wie es Sie nach Karlsruhe verschlagen hat?”

Milena gab eine kurze Zusammenfassung ihrer Geschichte, sprach von ihrer Ankunft in Deutschland Anfang der Achtzigerjahre und ihrem späteren Leben. Dann zuckte sie mit den Schultern und fügte hinzu: “Ich war lange in einer Spedition angestellt. Seit ein paar Jahren bin ich in Rente. Und na ja, manchmal genieße ich das Nichtstun – manchmal langweile ich mich. Ich versuche noch auszuknobeln, ob ich mir vielleicht ein Ehrenamt suche oder ein neues Hobby anfange."

"Ich beneide Sie fast um die Option auf Langeweile", erwiderte Gabriel mit einem kleinen Schmunzeln. "Obwohl ich ebenfalls offiziell im Ruhestand bin, habe ich ständig irgendeinen Auftrag oder ein Schreibprojekt. Früher war ich Philosophieprofessor, und heute erscheinen immer noch Bücher von mir, oder ich werde von ehemaligen Studierenden eingeladen, an ihren Projekten mitzuarbeiten. Das ist schön, aber es bleibt wenig Zeit, einfach mal in Ruhe im Café zu sitzen."

"Aber genau das tun Sie doch gerade." Milena lachte. "Sieht sehr entspannt aus."

"Das stimmt", sagte Gabriel, und etwas Wehmütiges schwang in seiner Stimme mit. "Vielleicht genieße ich es deshalb umso mehr. Wissen Sie, ich wollte immer frei sein, selbst entscheiden können, woran ich arbeite. Aber früher war ich von Vorlesungen, Verpflichtungen und Gremien umgeben. Jetzt, wo ich es könnte, ist es manchmal schwer, loszulassen."

Für einen Augenblick schwiegen beide. Dann fragte Gabriel leise: "Wenn ich nicht allzu neugierig bin: Leben Sie in Karlsruhe ganz allein?"

Milena spürte einen kleinen Stich im Herzen. Sie legte die Gabel neben den noch halb vollen Guglhupf und erwiderte seinen Blick. "Ja – ich bin Witwe. Seit fünf Jahren. Wir hatten zwei Kinder, die inzwischen in anderen Städten leben. Sie kommen nicht oft vorbei. Ich komme ganz gut allein zurecht, wirklich.

Dennoch... manchmal fehlt mir die Gesellschaft."

Gabriel straffte leicht die Schultern, als hätte ihn Milenas Offenheit berührt. "Das tut mir sehr leid. Leider können wir das, was geschieht, nicht immer verhindern. Die Stoiker sehen im Loslassen keinen Mangel an Liebe, sondern eine Anerkennung dessen, was wir nicht kontrollieren können. Aber das macht Verlust auch nicht weniger schmerzhaft."

Milena nickte nachdenklich. "Ich habe schon davon gehört, dass man lernen muss, anzunehmen, was ist, anstatt sich ständig dagegen aufzulehnen. Aber ehrlich gesagt... ich habe mich nie tiefer damit beschäftigt. Ich bin kein Mensch, der sich philosophische Bücher zurate zieht, schon gar nicht über den Tod."

"Das Leben besteht nicht nur aus Tod und Theorie", sagte Gabriel sanft. "Der Stoizismus lehrt uns vor allem, selbstständig zu denken, unsere Gefühle nicht zu unterdrücken, sondern sie einzuordnen. Wahre Freiheit ist, was Sie selbst hier gerade tun: Sie haben Ihre Reisepläne spontan geändert – nur weil Sie Lust darauf hatten. Das ist schon eine Art Stoizismus in Aktion. Man nimmt die Situation an, wie sie ist, und offenbart sich dabei die Möglichkeiten, nach dem Guten zu streben." Er lächelte. "Das klingt vielleicht komplex, aber glauben Sie mir: Jede Leidenschaft, jeder Mut, sich in neue Begegnungen zu stürzen, ist Teil dieser Philosophie. Gefühle sind da, um erlebt zu werden, nicht um sie zu leugnen."

"Es klingt tatsächlich widersprüchlich", gab Milena zu und nahm einen Bissen Guglhupf, der sie an Sonntage in ihrer Kindheit erinnerte. "Wie kann ich die Dinge, die ich nicht ändern kann, annehmen – und gleichzeitig danach streben, die Welt besser zu machen?"

"Das Leben ist voller Widersprüche, meine Liebe." Gabriel legte sein Buch beiseite, als hätte er sich endgültig entschieden, sich ganz auf das Gespräch einzulassen. "Die Stoiker glaubten an die Vernunft, ja. Aber sie verstanden auch, dass wir Teil von etwas Größerem sind. Der Logos, die universelle Vernunft, durchdringt alles. Es geht nicht darum, unsere Gefühle zu ersticken – das wäre ja unmenschlich! –, sondern sie in einem größeren Zusammenhang zu sehen. Sie zu verstehen als Teil eines... nennen wir es, eines kosmischen Tanzes."

Er hielt inne, als müsse er einen besonders schmerzhaften oder wichtigen Gedanken sortieren. Er schien in die Ferne zu blicken, obwohl er doch direkt ins Café sah. "Wissen Sie, vor langer Zeit... vor vielen Jahren, kannte ich jemanden, der mich die wahre Bedeutung davon lehrte. Nicht durch Worte, er war kein Mann der großen Reden. Sondern durch sein Sein. Durch seine bloße Existenz."

Milena spürte, dass sie einem sehr privaten, vielleicht sogar heiligen Moment beiwohnte. Die morgendliche Sonne fiel durch die hohen Fenster und ließ Staubpartikel wie winzige Sterne tanzen. Es war, als ob die Zeit den Atem anhielt.

Gabriel atmete tief durch, ein Zittern in seiner Stimme. "Josef...", sagte er, und der Name kam wie ein Hauch über seine Lippen, wie eine Liebkosung und ein Gebet zugleich. "Er war Künstler. Maler. Das genaue Gegenteil eines stoischen Philosophen, sollte man meinen. Voller Leidenschaft, voller... Unruhe. Er sah Dinge in der Welt, die ich – verblendet von meinen Büchern – übersah. Farben, Formen, das Licht in den Augen eines Kindes, den Schmerz in der Haltung eines alten Mannes. Er lebte den Stoizismus, ohne ihn je studiert zu haben. Er verstand intuitiv, was ich erst Jahre später in verstaubten Folianten fand."

Milena wagte kaum zu atmen. Sie wollte ihn nicht unterbrechen, spürte aber, dass eine Frage unausweichlich war. "Was... was ist mit ihm passiert?", fragte sie sanft, ihre Stimme kaum lauter als ein Flüstern.

Gabriel sah einen Moment aus dem Fenster, als ob er dort, in den vorbeiziehenden Wolken, eine Antwort suchte. Oder vielleicht eine Erinnerung. "Es waren andere Zeiten", sagte er schließlich, und seine Stimme klang plötzlich sehr müde. "Schwierige Zeiten. Nicht alle Lieben durften existieren. Nicht alle Beziehungen wurden verstanden. Er... er konnte damit nicht leben. Mit der Verstellung, der Heimlichkeit, dem ständigen Gefühl, etwas Verbotenes zu tun."

Seine Stimme wurde fester, ein Anflug von Trotz, vielleicht sogar Wut, mischte sich in die Trauer. "Er wählte... einen anderen Weg. Einen, den ich damals nicht verstand. Den ich vielleicht immer noch nicht ganz verstehe." Er schwieg einen Moment, und Milena sah, wie sich seine Hand auf dem Tisch zu einer Faust ballte. Dann öffnete sie sich langsam wieder, als ob er eine unsichtbare Last losließ.

"Aber wissen Sie, was das Merkwürdige ist?", fuhr er fort, und seine Stimme war wieder ruhiger, fast nachdenklich. "Sein Tod hat mich nicht verbittert. Er hat mich nicht zu einem Zyniker gemacht. Er hat mich, so paradox es klingt, etwas Entscheidendes gelehrt. Dass auch Schmerz, auch Verlust, auch Verzweiflung Teil des großen Ganzen ist. Die Stoiker sprechen von Akzeptanz, von Amor Fati, der Liebe zum Schicksal. Aber es geht um mehr als bloße Akzeptanz. Es geht darum zu verstehen, dass jeder Moment – selbst der schmerzlichste, selbst der ungerechteste – uns mit dem Universum verbindet. Dass wir, in unserem Leiden und in unserer Freude, Teil eines unendlichen Flusses sind."

Milena dachte an Sasha, an die unendliche Leere, die sein Tod hinterlassen hatte. An die ersten Jahre, in denen sie sich wie betäubt gefühlt hatte, unfähig zu trauern, unfähig zu leben. Und an die langsame, schmerzhafte Rückkehr ins Leben, das Gefühl, dass er immer noch da war, in ihren Erinnerungen, in ihren Träumen, in der Art, wie sie die Welt sah.

"Ich verstehe... glaube ich", sagte sie leise. "Als mein Mann starb..."

"Ah", unterbrach Gabriel sie sanft, aber nicht unhöflich. "Dann kennen Sie es. Dieses Gefühl. Diesen Moment, wo Verlust und Dankbarkeit sich berühren. Wo man, inmitten des Schmerzes, eine seltsame, tiefe Verbundenheit spürt. Nicht nur mit dem verlorenen Menschen, sondern mit... allem."

Sie saßen eine Weile schweigend da, tranken ihren Kaffee, der längst kalt geworden war, und teilten eine Art von Verständnis, das keine weiteren Worte brauchte. Das Café füllte sich langsam mit weiteren Gästen, das geschäftige Treiben eines Wiener

Vormittags drang an ihren Tisch, aber um sie herum schien eine Blase der Zeitlosigkeit, der Intimität zu existieren.

“Wissen Sie”, sagte Gabriel schließlich, “Josef liebte dieses Café. Er sagte immer, hier spüre man noch die alte Seele Wiens. Nicht die pompöse, touristische Version, sondern die wahre Seele – melancholisch, romantisch und doch voller Leben.” Er lächelte. “Manchmal denke ich, er hatte Recht. Hier sitze ich nun, vierzig Jahre später, und spreche mit einer Fremden über die tiefsten Dinge des Lebens.”

“Vielleicht”, sagte Milena nachdenklich, “gibt es keine Fremden. Nur Menschen, deren Geschichten wir noch nicht kennen.”

Gabriel lachte leise. “Das klingt sehr mystisch für ein Morgengespräch. Aber ja, vielleicht haben Sie Recht.” Er zögerte. “Wissen Sie was? Ich habe ein Buch für Sie.”

Er griff in seine abgewetzte Ledertasche und zog ein schmales, in braunes Leinen gebundenes Buch hervor. “Mark Aurel, ‘Selbstbetrachtungen’. Meine Übersetzung ist zwar nicht die neueste, aber sie hat mich durch viele Jahre begleitet. Vielleicht möchten Sie es auf Ihrer Reise lesen.”

Milena war gerührt von der Geste. “Das kann ich nicht annehmen...”

“Doch, bitte. Bücher finden manchmal ihre eigenen Wege zu den Menschen, die sie brauchen.” Er schrieb etwas auf die erste Seite. “Außerdem – wer weiß? Vielleicht führt Sie Ihre Reise ja wieder hierher, und Sie können mir erzählen, was Sie in dem

Buch gefunden haben."

Nach dem Gespräch im Café Jelinek schlenderte Milena Richtung Donau. Der Herbsttag war mild, und sie genoss es, ohne Zeitdruck durch die Straßen zu streifen. In den kleinen Antiquitätenläden entdeckte sie vergilbte Postkarten und alte Stadtansichten, in versteckten Boutiquen bestaunte sie handgefertigte Schmuckstücke. Wien zeigte ihr sein alltägliches Gesicht, abseits der Touristenpfade.

Als sie in die Marc-Aurel-Straße einbog, beschloss sie, nach einer Unterkunft zu suchen. Das erste Hotel war ausgebucht, ebenso das zweite und dritte. "Große Konferenz diese Woche", erklärte ihr eine Rezeptionistin entschuldigend. Milena nahm es gelassen. Der Tag war noch jung, und ihr Magen meldete sich ohnehin. In einem traditionellen Gasthaus bestellte sie Tafelspitz mit Röstgemüse und genoss jeden Bissen, während sie in dem Buch blätterte, das Gabriel ihr geschenkt hatte.

Doch als der Nachmittag verstrich und sie immer noch kein Zimmer gefunden hatte, begann die Unruhe an ihr zu nagen. Die goldenen Strahlen der Herbstsonne wichen einem kühlen Abendlicht, und mit der einbrechenden Dunkelheit kamen die Zweifel. War es wirklich klug gewesen, so spontan in Wien zu bleiben? Ohne Plan, ohne Reservierung? In ihrer Wohnung in Karlsruhe wäre jetzt alles so vertraut – ihr Sessel am Fenster, die gewohnte Umgebung, die Sicherheit des Bekannten.

Sie fand sich an der Wilma-Steindling-Promenade wieder, erschöpft auf einer Bank sitzend. Das Wasser der Donau glitzerte im Licht der ersten Straßenlaternen. Sie zog Mark Aurels "Selbstbetrachtungen" aus ihrer Tasche und las bei dem schwachen Licht: "Das Glück deines Lebens hängt von der Beschaffenheit deiner Gedanken ab." Die Worte schienen direkt zu ihr zu sprechen.

Ihr Handy klingelte. Dušan, ihr Sohn aus München.

"Mama? Ich wollte nur hören, wie die Reise läuft." Seine vertraute Stimme, die gleiche sanfte Art zu sprechen wie sein Vater sie gehabt hatte, wärmte ihr Herz. Sie erzählte von der Begegnung im Café, von ihrer spontanen Entscheidung zu bleiben und ihrer nun erfolglosen Zimmersuche.

"Moment", sagte er, und sie hörte Tastaturklappern im Hintergrund. "Ich schaue mal... ah, die Pension Central. Ein schönes Art-Déco-Haus, hervorragende Bewertungen. Soll ich dir ein Zimmer buchen?"

Milena spürte, wie die Last von ihren Schultern fiel. "Das wäre wunderbar."

"Schon erledigt", sagte er nach einem Moment. "Du kannst in einer Stunde einchecken."

Die Pension Central entpuppte sich als ein Kleinod. Hohe Stuckdecken, geschwungene Treppengeländer und original erhaltene Art-Déco-Elemente ließen sie in eine andere Zeit eintauchen. Als sie in ihrem Zimmer den Koffer öffnete, fühlte sie eine tiefe Zufriedenheit. Die anfängliche Angst war einer sanften Gewissheit gewichen – manchmal musste man durch Unsicherheit gehen, um am richtigen Ort anzukommen.

Kapitel 3: Schatten und Licht

Die schweren Vorhänge der Pension Central ließen kaum Tageslicht durch, als Milena am nächsten Morgen aufwachte, was ihr ein seltsames Gefühl von Zeitlosigkeit gab. Für einen Moment war sie verwirrt – die hohen Stuckdecken, das Art-Déco-Mobiliar und das ungewohnte Bett erinnerten sie daran, dass sie nicht mehr in ihrem Schlafzimmer in Karlsruhe war. Dann kehrte die Erinnerung zurück: Wien, die spontane Entscheidung, hier zu bleiben, die Begegnung mit Gabriel und sein Geschenk, das Buch von Mark Aurel.

Sie richtete sich langsam auf. Ihr Körper war noch ein wenig steif von der Zugreise, aber sie fühlte eine innere Leichtigkeit, fast wie eine Vorfreude auf den neuen Tag. Nach einer heißen Dusche zog sie ihre bequemsten Schuhe an, packte ein kleines Notizbuch in die Handtasche und machte sich auf, die Stadt weiter zu erkunden.

Die Pension lag nur ein paar Schritte von der Altstadt entfernt, und so fand sie sich bald in verwinkelten Gassen, die vom frühen Morgenlicht in goldene Schatten getaucht waren. Sie hatte sich vorgenommen, an diesem Tag die Stadt nicht wie eine eilige Touristin zu besuchen, sondern sich treiben zu lassen. Ohne konkretes Ziel ließ sie ihre Schritte entscheiden.

Irgendwann führte ihr Weg sie auf einen kleinen Platz, an dessen Ende ein unscheinbares Gebäude stand. Ein altes Schild über der Tür verkündete in geschwungenen Buchstaben: „Konzertsaal der Musikfreunde – Probenraum“. Ein offenes Fenster im Erdgeschoss ließ Geigenklänge nach draußen dringen – zart und doch voller Intensität.

Fasziniert blieb Milena stehen. Sie erkannte sofort die Melodie von Mozarts Violinkonzert Nr. 3, das Sasha über alles geliebt hatte. Während ihrer gemeinsamen Jahre hatte er es oft aufgelegt – zu Geburtstagen, zu Festen, aber auch an ganz normalen Sonntagen, wenn sie zusammen kochten oder sich in entspannter Zweisamkeit unterhielten. Diese Musik war wie ein Bindeglied zwischen ihren Erinnerungen und der Gegenwart.

Für einen Moment fühlte es sich an, als würde die Zeit anhalten. Der Klang der Geige war so rein, dass er die Geräusche der Stadt ausblendete. Nur die Musik blieb.

„Möchtest du kurz hereinkommen? Wir haben gerade eine Pause."

Die Stimme ließ sie aufblicken. In der Tür stand eine Frau mit einer Violine in der Hand, ihr blondes Haar locker zu einem Dutt gesteckt. Sie wirkte in ihrer Haltung entspannt, aber aufmerksam, als hätte sie schon viele Fremde gesehen, die von der Musik angezogen worden waren und dann unsicher an der Schwelle blieben.

Milena öffnete den Mund, wollte höflich ablehnen – doch sie spürte, wie ihre Beine sie bereits nach vorne trugen.

„Ich... Ich will nicht stören", murmelte sie.

Die Violinistin lächelte. „Sie stören nicht. Musik ist dazu da, gehört zu werden."

Milena trat ein. Ein Hauch von Kolophonium und altem Holz lag in der Luft, gemischt mit dem leicht staubigen Geruch von vergilbtem Notenpapier. Der Raum war kein großer Konzertsaal, sondern ein intimer Probenraum mit abgewetzten Holzböden. Die Decke war hoch, der Putz an manchen Stellen leicht rissig, doch die Akustik war erstaunlich warm.

Dort, wo die Musiker saßen, war ein halber Kreis aus einfachen Metallstühlen und Notenständern aufgestellt.

Ein Mann in einem dunklen Rollkragenpullover stimmte gerade sein Cello. Er war in sein Instrument versunken, prüfte jede Saite mit prüfendem Blick, als wäre er allein in diesem Raum. Sein Profil wirkte ruhig und konzentriert, das graue Haar fiel leicht in die Stirn. Dann, als hätte er Milenas Blick gespürt, hob er den Kopf. Ihre Augen trafen sich – nur für einen Moment. Etwas darin ließ Milena den Atem anhalten.

Er sah nicht weg.

Stattdessen betrachtete er sie mit der Art von Neugier, die nicht aufdringlich, aber spürbar war.

„Setzen Sie sich ruhig“, sagte die Violinistin neben ihr.

Milena war sich nicht sicher, ob sie wirklich bleiben sollte. Doch als der Cellist seinen Bogen hob und die ersten Töne anstimmte – tiefe, warme Klänge, die durch den Raum flossen –, spürte sie, wie ihre Unsicherheit verflog.

„Ich hoffe, ich störe nicht“, sagte sie leise.

„Ganz und gar nicht. Wir proben für ein kleines Kammerkonzert morgen“, antwortete die Violinistin. „Manchmal schauen Leute neugierig rein, aber bleiben meist nur kurz. Sie wirken, als ob Sie die Musik wirklich genießen.“

„Ja, das tue ich“, antwortete Milena. „Ich habe sie schon von draußen gehört und konnte einfach nicht weitergehen.“

Die Violinistin lächelte. „Ich bin Anna. Ich liebe dieses Violinkonzert auch sehr. Für mich hat es etwas Leichtes, Verspieltes – und doch geht es tief ins Herz.“

„Freut mich, Anna“, sagte Milena.

Der Cellist hatte aufgehört zu spielen und trat nun näher. Aus der Nähe wirkte sein Gesicht noch markanter, seine Augen ruhig, aber nicht distanziert.

„Gehören Sie auch zum Musikerkreis, oder sind Sie nur zufällig hier?“ fragte er.

„Nur zufällig“, erwiderte Milena. „Ich bin eigentlich auf der Durchreise nach Belgrad, aber ich wollte mir einen Tag in Wien gönnen, um die Stadt zu entdecken. Und dann habe ich von draußen eure Musik gehört... Ich fand sie so schön, da musste ich einfach stehenbleiben.“

Ein kaum merkliches Lächeln zog über sein Gesicht. „Interessant“, sagte er nachdenklich. „Musik hat eine seltsame Art, Menschen zusammenzuführen.“

„Ja“, sagte Milena leise.

Anna und der Cellist tauschten einen Blick, dann sagte Anna:

„Woher kommen Sie ursprünglich?"

„Aus Karlsruhe", antwortete Milena. „Ursprünglich stamme ich aber aus Belgrad."

Der Cellist runzelte kurz die Stirn, dann hellte sich sein Blick auf. „Belgrad also ... wir spielen morgen neben Mozart und Beethoven auch ein serbisches Volkslied. Ich habe es vor Jahren mal für unser Ensemble arrangiert. Vielleicht kennen Sie es: ‚Tamo daleko'?"

Milena stockte. „‚Tamo daleko' ... natürlich kenne ich das. Dieses Lied ist fast wie eine zweite Nationalhymne für mich. Es geht um Heimat, um Sehnsucht ... Ich hätte nie gedacht, dass ich ihm ausgerechnet hier, in Wien, wieder begegne."

Viktor warf einen vielsagenden Blick auf sein Cello. „Wir üben es gleich nach der Pause. Bleiben Sie doch ein bisschen, wenn du magst. Es würde uns freuen, wenn Sie zuhören – vielleicht können Sie uns sogar sagen, wie unsere Aussprache klingt."

Für einen Augenblick war Milena sprachlos über so viel Herzlichkeit. Dann nickte sie. „Sehr gern. Ich habe Zeit, und ich würde mich riesig freuen, das Lied wiederzuhören."

Die Probe begann erneut, und die Musiker formierten sich zu einem kleinen Kreis. Anna gab mit dem Bogen den Einsatz, und die Klänge setzten ein – erst leise und schüchtern, dann immer voller und leidenschaftlicher. Milena konnte nicht anders, als die Augen zu schließen und sich ganz der Musik hinzugeben. Die traurigen, aber auch hoffnungsvollen Töne, die ihr so vertraut waren, fluteten den Raum. Sie spürte, wie ihre Kehle eng wurde, als die ersten Textzeilen leise gesungen wurden:

„Tamo daleko, daleko od mora…"

Ihre Großmutter Rinka hatte es oft an stillen Abenden gesungen, wenn die Erinnerungen an Montenegro zu schmerzhaft wurden. Milena hatte immer nur Bruchstücke der Geschichte gekannt – den Fischer, die verlorene Liebe. Und nun, Jahrzehnte später, wehte der Geist dieser alten Erinnerungen wieder in ihr Herz. Sie dachte an ihr eigenes Leben: an den Sprung ins kalte Wasser nach Deutschland, an ihre Ehe, ihre Kinder und schließlich an die lange Phase nach Sashas Tod. Wie viele Heimatorte hatten sich in ihrem Leben eigentlich angesammelt? War es Belgrad, die Stadt ihrer Kindheit? Karlsruhe, ihr jahrzehntelanges Zuhause? Oder vielleicht ein Ort, der jenseits von geografischen Koordinaten lag – in ihrer eigenen Vorstellung, dort, wo Vergangenes und Zukünftiges aufeinandertreffen?

Als das Lied verklang, legte sich ein andächtiges Schweigen über die Runde, als wollten alle den letzten Ton noch in sich nachklingen lassen. Milena klatschte leise in die Hände. „Das war fantastisch. Und euer Akzent klingt besser als der mancher Leute aus Belgrad", sagte sie mit einem kleinen Lachen, das den Kloß in ihrer Kehle milderte. „Danke, dass ich das erleben durfte."

Sie wandte sich an Anna. „Anna, wenn ich dich duzen darf – das war wirklich brillant."

„Sehr gern, Milena", erwiderte Anna und strahlte sie an. „Und vielen Dank für dein Lob."

Behutsam verstaute sie ihre Geige im Kasten, dann fragte sie: „Vielleicht hast du morgen Zeit, zu unserem Konzert zu kommen? Wir spielen im kleinen Saal des Palais Ermel, hier gleich um die Ecke. Es ist zwar kein großes Event, aber die Akustik ist wirklich wundervoll."

Milena überlegte. Eigentlich hatte sie vorgehabt, noch am Abend weiterzufahren, um Belgrad zu erreichen. Doch irgendetwas an der Begegnung hier, in diesem alten Probenraum, hielt sie fest. Wien schenkte ihr Erinnerungen und neue Augenblicke zugleich. Sie spürte, dass sie noch bleiben wollte.

„Danke für die Einladung. Ich komme sehr gern", sagte sie schließlich und notierte sich Ort und Zeit in ihr Handy.

Anna strahlte. „Dann sehen wir uns morgen Abend. Ich freu mich drauf!"

Als Milena den Saal verließ, war es bereits später Vormittag, und die Sonne stand hoch am Himmel. Sie fühlte sich beschwingt von der Musik, vom Lächeln dieser fremden, aber zugleich so nahen Menschen. Wien schien ihr unablässig kleine Geschenke zu machen – erst Gabriel im Café Jelinek, jetzt Anna und Viktor.

Ein spöttischer Gedanke huschte ihr durch den Kopf: *Wo bleibt die berühmte grantige Wiener Art, von der man so oft hört?* Bisher war ihr nur Herzlichkeit begegnet.

Sie kaufte sich unterwegs eine Kleinigkeit zu essen und

schlenderte ziellos durch die Stadt. Schließlich landete sie am Stephansdom, wo sich Touristengruppen drängten. Sie lauschte einem Straßenmusikanten, der ein altes Wienerlied auf dem Akkordeon spielte, und spürte ein Ziehen in ihrer Brust. *Musik*, dachte sie, *ist vielleicht das Universellste, was wir haben. Sie verbindet Menschen, Orte und Zeiten über alle Grenzen hinweg.*

In einer stilleren Gasse fand sie einen kleinen Buchladen, der mit seinem verzierten Holzeingang und den schräg gestapelten Romanen im Schaufenster geradezu um Aufmerksamkeit bettelte. Sie trat ein und spürte sofort dieses wohlige Gefühl, das nur von hohen Regalen voller Bücher ausgehen konnte. Der Verkäufer – ein älterer Herr mit einer Nickelbrille, die ihm immer wieder von der Nase rutschte – grüßte sie freundlich.

“Suchen Sie etwas Bestimmtes?”

“Vielleicht haben Sie etwas über serbische Musiktraditionen?”, fragte Milena spontan.

Der Mann kratzte sich am Kinn und führte sie in eine hintere Ecke. Dort fand er nach einigem Stöbern ein dünnes Büchlein mit Notensätzen und Liedtexten aus dem Balkan. Eine alte Ausgabe, die schon leicht zerfleddert war.

“Das könnte Sie interessieren”, sagte er. “Kein alltäglicher Fund in unseren Regalen.”

Milena blätterte neugierig. Zu ihrer Überraschung fand sie den Text von “Tamo daleko” – gleich auf den ersten Seiten, mit handschriftlichen Anmerkungen eines früheren Besitzers. Sie lief mit dem Finger eine Zeile entlang und stellte fest, dass manche Strophen fehlten oder nur bruchstückhaft enthalten waren. Trotzdem war es ein bemerkenswerter Zufall, gerade jetzt darauf zu stoßen.

“Ich nehme es”, sagte sie und legte das Buch auf den Tresen. “Darf ich fragen, woher das stammt?”

Der Verkäufer zuckte mit den Schultern. “Wir kaufen regelmäßig ganze Nachlässe von älteren Herrschaften. Vielleicht war es in einer solchen Sammlung. Es ist jedenfalls schon länger hier, wurde aber nie nachgefragt.” Er tippte den Preis in eine alte Registrierkasse. “Scheint auf Sie gewartet zu haben.”

Scheint auf mich gewartet zu haben. Diese Worte hallten in Milenas Kopf nach, als sie den Buchladen verließ. Ob es wirklich so war? Dass manche Dinge unsichtbar verharren, bis der richtige Zeitpunkt kommt, bis wir bereit sind, sie zu sehen oder zu empfangen? Sie lächelte bei dem Gedanken. Vielleicht war es ja mit ganzen Lebensabschnitten so: Sie warten in uns, verborgen, bis wir bereit sind, einen neuen Schritt zu wagen.

Der Nachmittag verging für Milena in einem wahren Rausch an Eindrücken. Sie schlenderte durch die prachtvollen Räume des Sisi-Museums in der Hofburg und ließ sich von den Geschichten um die österreichische Kaiserin verzaubern. Anschließend erkundete sie noch weitere Ausstellungen, die ihr ein facettenreiches Bild der Wiener Kulturwelt vermittelten.

Zwischendurch gönnte sie sich eine Fiaker-Fahrt. Die gemächlich trabenden Pferde, das leise Klappern der Hufe auf dem

Kopfsteinpflaster und der Anblick der historischen Fassaden ließen sie das Gefühl haben, eine kleine Zeitreise zu unternehmen. Immer wieder musste sie schmunzeln, wenn sie daran dachte, wie weit weg sich nun ihr Alltag in Karlsruhe anfühlte.

Erst am Abend kehrte sie müde und erfüllt in die Pension zurück. Ihre Schritte waren schwer, doch ihr Herz war noch ganz beschwingt von all den Eindrücken. Sie dachte an den kommenden Tag – das Konzert, die Musiker und besonders „Tamo daleko". Ob sie es schaffen würde, nicht in Tränen auszubrechen, wenn die Melodie erklang?

Der Portier grüßte sie mit einem freundlichen Nicken. Oben in ihrem Zimmer ließ sie sich auf das weiche Bett fallen. Der Tag lag wie ein leuchtender Teppich hinter ihr. Wien – eine Stadt, die sie bislang nur als Zwischenstation gekannt hatte, fühlte sich plötzlich an wie ein Ort, an dem sie Wurzeln schlagen könnte, wäre da nicht ihr weiterer Weg nach Belgrad.

Mit einem Seufzen richtete sie sich auf und griff nach Mark Aurels Selbstbetrachtungen. Gabriel hatte dort eine kleine Widmung hineingeschrieben: „Für Milena. Mögest du auf deiner Reise sowohl in der Welt als auch in dir selbst neue Ufer entdecken." Sie strich sanft mit dem Finger über die Worte. Neue Ufer.

Wie viele Ufer hatte sie schon betreten in ihrem Leben – und wie viele warteten noch darauf, von ihr entdeckt zu werden?

Während sie darüber nachdachte, spürte sie ein warmes Kribbeln im Bauch. Es war nicht die zögerliche Angst, die sie früher vor Veränderungen verspürt hatte, sondern vielmehr eine freudige Erwartung, gleichsam über sich selbst hinauszuwachsen. Mit neunundsechzig Jahren fühlte sie sich plötzlich genau richtig, um noch einmal eine neue Welt zu betreten – ganz gleich, ob diese Welt Wien, Belgrad oder ein Ort dazwischen sein würde.

Die Nacht senkte sich über die Stadt, und Milena schlief schließlich mit dem Buch an ihre Brust gedrückt ein. Draußen glitzerten die Lichter Wiens, als wollten sie ihr versichern, dass dieser Tag kein Zufall gewesen war, sondern ein Geschenk – eines, das sie mit offenem Herzen angenommen hatte.

Kapitel 4: Das pinke Kleid

Milena wachte aus dem Schlaf auf, ohne zu wissen, was sie geweckt hatte - ein Geräusch von der Straße oder einfach die Aufregung in ihrem Inneren. Erst allmählich wurde ihr bewusst, wo sie sich befand: in der Pension Central, in diesem prächtigen Art-déco-Zimmer mit seinen hohen Stuckdecken und den verzierten Beschlägen an der alten Tür. Es kam ihr vor, als sei sie in der Zeit zurückgesprungen und irgendwo in den 1920er Jahren aufgewacht, als all das noch neu war.

Sie lag einen Moment lang still und lauschte. Die Stille des Morgens wurde nur durch gelegentliche Schritte im Flur, das Summen der Heizkörper und das gelegentliche leise Klappern der alten Wasserleitung hinter der Wand unterbrochen. Sie lächelte nachdenklich. *Wie viele Leute mögen wohl in diesem Zimmer übernachtet haben?* stellte sie sich vor. Damen in Seidenkleidern, Herren mit Zylinder und Spazierstock, schlanke Zigarettenspitzen in den Händen, das Flackern von Kerzen und das Knistern von Grammophonmusik. Vielleicht hatte es hier rauschende Feste gegeben, mit Charleston-Tanz und Gesprächen über Freud, Psychoanalyse, Politik und Fortschritt.

Und nun lag sie hier, Milena, neunundsechzig Jahre alt, aus Karlsruhe. Kaum zu glauben, dass sie eben noch an ihren Alltag dachte, an den Duft des Thymians in ihrer Küche, und jetzt an einem Ort erwachte, dessen Vergangenheit sie wie ein unsichtbarer Schleier berührte.

Sie stand langsam auf, streckte sich und ging zum Fenster. Die

Dielen knarrten unter ihren Schritten. Sie zog den Vorhang ein wenig auf und blickte auf Wien hinunter. Die Morgensonne lag noch weich auf den Dächern, aber die Straßen erwachten bereits: Autos schoben sich aneinander vorbei, Passanten eilten in Mänteln und Schals zur Arbeit. Für einen Moment schien es ihr jedoch, als würde etwas anderes aufblitzen. Menschen in eleganten, knielangen Mänteln, Hüten und Handschuhen, Damen mit Kunstpelzkragen und schmalen Pumps, Männer mit Fliegen und Bowlerhüten. Es war, als wäre die Stadt für den Bruchteil einer Sekunde in die 1920er Jahre zurückversetzt worden, in die Zeit, als dieses Gebäude vielleicht zum ersten Mal seine Türen öffnete.

Milena fuhr sich mit der Hand durch das Haar und blinzelte – nur ein Tagtraum. Dennoch blieb das Gefühl, als hätte sie eine Zeitreise unternommen. Mit einem tiefen Atemzug ließ sie los und begann, sich fertigzumachen. Eine angenehme Unruhe hatte sie gepackt, eine Mischung aus Freude und Anspannung. *Warum bin ich so nervös?* fragte sie sich, während sie in den Spiegel sah. Sie verwarf den Gedanken, doch in Wahrheit kannte sie die Antwort genau: Sie musste immer wieder an Viktor denken, den Cellisten, den sie gestern im Probenraum kennengelernt hatte. Und an das Konzert, bei dem sie nicht wusste, ob sie wirklich hingehen sollte.

„Ich habe ja nichts Anständiges zum Anziehen", murmelte sie. „Und überhaupt, er wird sich wahrscheinlich gar nicht erinnern, wer ich bin..."

Aber eine leise Stimme in ihr lachte sie aus. *Du wünschst dir doch, er würde dich erkennen.* Es war fast so, als könne sie Saschas warmes Lächeln spüren, der sie immer ermutigt hatte, ihren Impulsen zu folgen. Sie strich über die Stelle an ihrem Ringfinger, an der ihr Ehering so viele Jahre lang geglänzt hatte, und seufzte. Fünf Jahre waren seit seinem Tod vergangen und sie hatte sich nie wieder für einen Mann interessiert. Bis jetzt - und selbst das war nur ein vages Gefühl, ein unsicheres Kribbeln in ihrem Bauch, kaum mehr als ein Schatten von Neugierde. Aber da war es, dieses Gefühl, dass etwas Neues beginnen könnte.

Sie schnappte ihre Tasche, verließ das Zimmer und machte sich auf den Weg, um irgendwo zu frühstücken. Die Pension bot zwar auch einen Speisesaal, aber sie sehnte sich nach der wienerischen Atmosphäre, die sie gestern so in den Bann gezogen hatte. Auf halbem Weg erinnerte sie sich, dass der Café Central nicht weit entfernt lag. *Warum nicht?*, dachte sie. *Einer der berühmtesten Orte, an dem so viele kluge Köpfe gesessen haben.*

Als sie das Café betrat, umfing sie der Duft von frisch gemahlenem Kaffee und die feine Süße von Gebäck. Ein Kellner mit schwarzer Fliege und Weste zeigte ihr einen Tisch. Sie ließ sich nieder und bestellte einen großen Braunen, dazu ein Kipferl – Croissant nannte man es in anderen Ländern, hier blieb es beim wienerischen Begriff. Während sie wartete, glitt ihr Blick über die hohen, historistischen Decken und die Marmorsäulen. In ihrer Vorstellung sah sie all die großen Namen der Vergangenheit an den Tischen sitzen: Schriftsteller, Politiker, Künstler, Wissenschaftler. Sigmund Freud zum Beispiel, der hier sicherlich den ein oder anderen Kaffee getrunken hatte.

Er hat die Menschen gelehrt, sich vor den eigenen Gedanken nicht zu fürchten – oder es zumindest zu versuchen, ging es ihr *durch den Kopf. Und genau davor habe ich jetzt Angst. Ich weiß nicht, was ich da in mir entdecke, wenn ich ganz ehrlich zu mir selbst bin.*

Der Kellner brachte ihren Kaffee. Milena rührte mechanisch den Zucker hinein und starrte in die dunkle Flüssigkeit. *Was ist nur mit mir los?* fragte sie sich. Fünf Jahre lang hatte sie kein Interesse an anderen Männern gezeigt, wie abgeschnitten war diese Seite ihres Lebens gewesen. Und jetzt, kaum war sie ein paar Tage unterwegs, schwirrten ihre Gedanken um diesen Mann mit dem Cello. Sie mochte seine ruhige Art, diese freundliche Höflichkeit, die so gar nicht aufdringlich war. Sie versuchte, sich über ihre eigene Reaktion klarzuwerden: War es reines Interesse an der Musik? War es nur die Freude an einer unverbindlichen Begegnung, die sie aus dem Trott des Alltags riss? Oder war da mehr?

„Kein Entschluss ist auch ein Entschluss", murmelte sie, während sie an ihrem Kaffee nippte.

Vielleicht musste sie gar nicht sofort wissen, ob sie wirklich zu diesem Konzert ging. Vielleicht sollte sie sich einfach treiben lassen. Sie spürte, wie das Café Central sie umhüllte – all die leisen Gespräche, das Klappern von Porzellan, die geschäftige Eleganz. Ja, sie würde heute keine Entscheidung fällen. Sie würde loslassen. *Was passiert, das passiert,* dachte sie. *Manchmal führt uns das Leben weiter, ohne dass wir selbst groß eingreifen müssen.*

Als sie bezahlt hatte und das Café verließ, atmete sie die frische Luft ein, die auf diesem Morgen schon etwas kühl wirkte. Die nächste Stunde verbrachte sie damit, ziellos durch die Straßen zu schlendern. Immer wieder verfolgten sie Gedanken: *Warum eigentlich nicht einfach nach Belgrad weiterfahren?* Dort wartete ihre Cousine auf sie. Das war schließlich ihr Plan gewesen. Dennoch: Ein anderer Teil in ihr wollte genau hierbleiben, in dieser Stadt, in der plötzlich so vieles lebendig schien.

„Und was soll ich anziehen?", murmelte sie ironisch vor sich hin und ging an den Schaufenstern vorbei, die prachtvolle Kleider zeigten. „Viel zu teuer. Allein das Preisschild würde mich schockieren." Sie war ihr Leben lang eine Schnäppchenjägerin gewesen, sparsam und stets praktisch veranlagt. Eine teure Boutique in Wien zu stürmen schien ihr beinahe absurd. Aber trotzdem, ein leiser Funke Verlockung war da. Sie versuchte, ihn zu ignorieren. *Dafür bin ich zu alt, zu vernünftig...*

Ihre Schritte führten sie durch eine schmale Gasse, die in einen kleinen Platz mündete. Ein Schild verriet, dass sie in der Himmelsfortgasse war. Hier gab es ein Eiscafé mit leichten Aluminiumstühlen, die irgendwie an süditalienische Küstenorte erinnerten. Spontan kaufte sie sich ein Cornetto-Eis in einer Waffel. Der Geschmack von Stracciatella und Pistazie brachte Erinnerungen an Italien zurück, an jene seltenen Urlaube mit Sasha am Gardasee – lange Spaziergänge, Weinproben, ausgelassene Abende mit Pasta und Gelato.

Sie schlenderte weiter, das Eis in der Hand, bis sie vor einem kleinen Schaufenster stehenblieb. Es gehörte zu einer Boutique namens Genio del Tempo. Der Eingang war eher unscheinbar, das Schaufenster winzig. Aber dort, im Zentrum, leuchtete ein pinkes Kleid. Es hatte einen schmalen, eleganten Schnitt, keine übermäßigen Verzierungen, aber eine klare, selbstbewusste

Linienführung. Milena konnte den Blick nicht abwenden.

Pink... das ist doch gar nicht meine Farbe. Oder?

Sie ließ sich ihr Eis schmecken und starrte auf das Kleid, das in der Gasse fast schon unverschämt auffiel. Das Herz schlug ihr bis zum Hals, ohne dass sie wusste, warum. Dann machte sie sich los und ging ein paar Schritte weiter. Doch nach wenigen Metern blieb sie stehen. *Geh rein. Probier es an.*, flüsterte eine Stimme in ihrem Kopf. *Was für ein Unsinn*, sagte sie sich. *Wo sollte ich dieses Kleid tragen?*

Aber ihre Füße trugen sie wie von selbst zurück. Erneut stand sie vorm Schaufenster. Das Pink schien noch intensiver, als würde es sie rufen. Sie versuchte, sich loszureißen und ging wieder ein paar Schritte – nur um erneut anzuhalten. Schließlich seufzte sie, drehte um und trat mit klopfendem Herzen ein.

Drinnen war es angenehm kühl. Eine Verkäuferin mit kurz geschnittenem braunen Haar und runden, goldfarbenen Brillengläsern blickte auf, lächelte sie herzlich an. „Grüß Gott, kann ich Ihnen helfen?"

Milena spürte, wie sich ihr Magen zusammenzog. „Ich... ich bin mir nicht sicher. Ich habe da draußen ein Kleid gesehen..." Sie räusperte sich. „Ich denke über ein Konzert nach, vielleicht gehe ich hin. Ein klassisches Konzert, also..."

„Ah, ein klassisches Konzert! Dann suchen Sie etwas Festliches, oder?" Die Verkäuferin ließ den Blick über Milena schweifen. „Vielleicht etwas in Schwarz, das ist am Abend immer passend. Wir hätten da eine kleine Auswahl."

Sie ging voraus in den hinteren Teil des Ladens, wo an einer Stange mehrere Kleider in gedeckten Farben hingen. Während die Verkäuferin schwarze Stoffe präsentierte – klassisch, elegant, durchaus schön –, schweifte Milenas Blick immer wieder zu dem pinken Kleid an der Schaufensterpuppe.

„Ich... würde gerne das da probieren", sagte sie schließlich mit leiser Stimme und deutete auf das Schaufenster.

Die Verkäuferin hob die Augenbrauen. „Oh, das pinke Kleid? Sind Sie sicher? Das ist schon recht auffällig." Dann räusperte sie sich, als hätte sie sich verplappert. „Verstehen Sie mich nicht falsch, es ist ein großartiges Kleid. Aber... na ja, in Ihrem Alter vielleicht eher etwas Dezenteres?"

Milena spürte, wie sie sich anspannte. „In meinem Alter? Was wollen Sie damit sagen?"

Sofort wurde die andere verlegen. „Entschuldigung! Das ist nicht böse gemeint. Natürlich dürfen Sie tragen, was Ihnen gefällt."

Milena atmete tief durch. Sie war selbst überrascht von der Heftigkeit ihrer Reaktion. „Nein, schon gut. Ich weiß, ich bin kein junges Mädchen mehr. Aber genau deshalb möchte ich das Kleid anprobieren. Das Leben ist so kurz, verstehen Sie?"

Die Verkäuferin nickte, lächelte jetzt sanfter. „Ich verstehe. Einen Moment, ich hole es Ihnen."

Kurz darauf stand Milena in der Umkleidekabine, spürte den kühlen Stoff auf ihrer Haut. Der Schnitt war schlicht –

ein gerader, eleganter Fall, der ihre Figur umschmeichelte und ihre Schultern dezent betonte. Die Farbe umspielte sie wie ein Hauch von Energie, fast so, als weckte das Pink eine Seite in ihr, die sie lange vergessen hatte.

Sie trat zögernd vor den Spiegel, betrachtete sich, drehte sich einmal um die eigene Achse. Ihr dunkles Haar, durchzogen von grauen Strähnen, leuchtete plötzlich lebhaft gegen das Pink. Die Falten um ihre Augen verschwanden nicht – aber sie wirkten weicher, als gehörten sie zu einem Menschen, der zu lächeln wusste.

„Wie fühlen Sie sich?“, fragte die Verkäuferin leise.

„Glücklich. Merkwürdig glücklich.“ Milena musste lachen, als sie ihr Spiegelbild sah. „Es ist verrückt. Ich habe keine Ahnung, wo ich es jemals tragen soll. Aber… es fühlt sich richtig an.“

Die Verkäuferin reichte ihr einen schwarzen Kaschmirschal. „Vielleicht so? Falls es am Abend zu kühl wird.“

Milena legte ihn um die Schultern, und im Spiegel sah sie, wie das Schwarz dem Pink eine noch leuchtendere Intensität verlieh. Für einen Moment schossen ihr all die Zweifel durch den Kopf: der Preis, die Unvernunft, die Tatsache, dass sie eigentlich auf dem Weg nach Belgrad war. Aber sie dachte auch an Sasha, der sie immer ermutigt hatte, hin und wieder einen Sprung ins Ungewisse zu wagen. Und an Viktor, den Cellisten, dessen ruhiger Blick sie so berührt hatte. *Worum geht es wirklich? Will ich nur auffallen, damit er mich bemerkt?* Vielleicht war das ein Teil der Wahrheit. Aber ein anderer Teil in ihr wollte dieses Kleid schlicht für sich selbst – als Zeichen, dass sie lebte, dass sie noch etwas wagen konnte.

„Ich nehme es", sagte sie schließlich und hörte, wie die Worte aus ihrem Mund kamen, ohne dass sie es wirklich kontrollierte.

Die Verkäuferin stutzte kurz, nickte dann erfreut. „Sehr gern. Ich sage Ihnen gleich den Preis..."

Als Milena die Summe hörte, zuckte sie innerlich zusammen. Das war mehr, als sie jemals zuvor für ein Kleid bezahlt hatte. Aber etwas in ihr blieb entschlossen. Sie hatte in ihrem Leben genug gespart, hatte sich selten etwas gegönnt - warum nicht jetzt, wo das Leben immer kürzer wurde?

Sie packte das Kleid sorgfältig in die Boutique-Tasche, dazu den Schal. Fast schwindelig vor Glück verließ sie den Laden. Ein Blick auf ihre Brieftasche verriet ihr, dass sie um einiges ärmer war als am Morgen – aber ihre Freude war mit Geld nicht aufzuwiegen.

Mit der Einkaufstüte in der Hand fühlte sie sich beinahe wie eine junge Frau, die gerade ihr erstes Designerstück erstanden hatte. Um ihre Gedanken zu ordnen, spazierte sie durch die Straßen Wiens. Hier und da nahm sie die lebendige Atmosphäre in sich auf: die Cafés mit ihrem verlockenden Kaffeeduft, die eleganten Schaufenster, die historischen Fassaden. Immer wieder strich sie über den weichen Stoff der Tasche und lächelte dabei – so viel Unvernunft hatte sie sich schon lange nicht mehr erlaubt.

Kapitel 5: Eine Nacht voller Musik

Mit jedem Schritt, den sie durch die schmalen Gassen in Richtung ihrer Pension machte, spürte sie, wie die Spannung in ihr wuchs. Der Abend rückte näher und damit die Frage: Würde sie wirklich zum Konzert gehen?

Auf halbem Weg erregte ein kleiner Antiquitätenladen ihre Aufmerksamkeit. Das Schild über dem Eingang war schwarz mit gelben Buchstaben, auf denen „Gold-Ankauf über Tageskurs" zu lesen war. Daneben stand in altmodischer Schrift: Antiquitäten F.A. Kirsch – erstklassige Restaurierung und Verkauf seit 1849. Die Auslage im Schaufenster war vollgestellt mit vergilbten Büchern, Porzellanfiguren und silbernen Kerzenleuchtern. *Wer kauft nur all diese Dinge?* fragte sie sich, während sie schon fast daran vorbeilaufen wollte. Aber ein innerer Impuls ließ sie anhalten. *Warum nicht einmal nachsehen?* dachte sie.

Sie öffnete die schwere Holztür und trat ein. Ein schwacher Geruch nach Möbelpolitur und Staub lag in der Luft, mischte sich mit einem Hauch von Leder. Der Laden war vollgestellt mit Vitrinen, Regalen, Schränken – überall standen Statuen, Schmuckkästchen, Gemälde. Ein alter Herr saß hinter einem massiven Holztresen, in ein Buch vertieft, und blickte nur kurz auf. Er nickte knapp, ohne zu lächeln. *Endlich jemand, der ein bisschen typisch wienerisch unfreundlich ist,* dachte Milena amüsiert, *oder hält er mich einfach nur für eine ahnungslose Touristin?*

Sie sagte nichts, schlenderte langsam durch den Laden. Je

weiter sie vordrang, desto mehr musste sie sich durch die engen Gänge zwischen all den alten Möbeln und Kisten zwängen. Ihre Augen schweiften über alte Wanduhrgehäuse, vergoldete Spiegelrahmen, zierliche Teekannen. Irgendwo klimperte ein Kronleuchter, als sie zu nahe daran vorbeiging.

Schließlich blieb sie vor einer Glasvitrine stehen, in der verschiedene Schmuckstücke lagen. Sie betrachtete Ringe mit opulenten Steinen, goldene Armbänder, Broschen und Ketten. Ihr Blick blieb an einer Perlenkette hängen. Sie war schlicht, aber mit einem Hauch von antiker Eleganz. Auf dem kleinen Preisschild stand nichts außer einer Nummer, vermutlich ein interner Katalogvermerk. Milena konnte die Perlen nicht einschätzen, aber etwas an ihnen wirkte zeitlos – als hätten sie bereits Geschichten erlebt, die sie nun weitertragen wollten.

Der Ladenbesitzer hatte offenbar bemerkt, dass sie länger an dieser Vitrine verweilte, denn er stand auf und trat zu ihr. „Interessieren Sie sich für die Perlen?“ Seine Stimme klang beinahe gelangweilt, doch in seinen Augen blitzte für einen Moment Neugierde auf.

Milena nickte zögernd. „Ja... kann ich den Preis erfahren?“

Ohne ein Wort zu verlieren, holte er den Schlüsselbund aus seiner Westentasche, öffnete die Vitrine und nahm die Kette heraus. Er hob sie ins Licht und betrachtete sie selbst, bevor er den Zettel auf der Unterseite las. „Hm... nun, wir haben sie seit einigen Monaten. Perlen, vermutlich aus den 1920er-Jahren. Schön erhalten. Preis...“ Er nannte eine Summe, die Milena sofort schlucken ließ. Doch dann dachte sie an das pinke Kleid, an die Art-Déco-Träume dieses Tages. *Vielleicht wurde diese Kette wirklich einmal in der Zeit getragen, als dieses Haus, diese Stadt, diese Mode noch neu war.* Genau das war der Gedanke, der sie nicht mehr losließ.

„Ich nehme sie", hörte sie sich sagen. Er warf ihr einen prüfenden Blick zu. „Ja, sehr schön", meinte er trocken. „Dann komme Sie bitte mit zum Tresen."

Sie reichte ihm das Bargeld. Er wirkte überrascht, aber in einer sehr angenehmen Weise. Zum ersten Mal lächelte er ein wenig. „Wenn doch nur öfter bar bezahlt würde", brummte er. „Heute zücken alle nur noch ihre Karten oder gar das Handy. Merkwürdige Zeiten... Früher hatte jeder zumindest ein wenig Geld bei sich."

„Die Zeiten ändern sich", sagte Milena schmunzelnd. „Vor dreißig Jahren hatte ich noch nicht einmal eine Bankkarte. Jetzt benutzen die Leute Smartphones, um zu bezahlen."

Er nickte. „Genau so ist es. Und manchmal ist es schwer, mit all den Veränderungen mitzuhalten." Er gab ihr die Kette in einem kleinen roten Samtbeutel. „Aber ich bin froh, dass Sie sich dieser Perlen annehmen. Vielleicht erzählt sie Ihnen ihre Geschichte, wenn Sie sie lange genug tragen."

Milena lächelte. „Ich habe heute Abend ein Konzert vor mir. Und das Kleid, das ich eben gekauft habe... nun, ich glaube, die Perlen werden perfekt passen."

Die Andeutung eines warmen Ausdrucks huschte über sein Gesicht. „Ein Konzert also. Das freut mich. Schön, dass es noch

Menschen gibt, die ab und zu den Klängen der Musik lauschen statt immer nur in Restaurants herumzusitzen oder am Handy zu daddeln. Haben Sie viel Freude damit!“

Er begleitete sie zur Tür. „Einen angenehmen Abend wünsche ich Ihnen. Und vielleicht schauen Sie mal wieder vorbei, wenn Sie wieder in Wien sind.“

Sie bedankte sich lächelnd. „Das werde ich. Danke für die Beratung.“ Dann trat sie auf die Straße hinaus, immer noch leicht beschwingt von der Atmosphäre dieses kuriosen Ladens. Sie freute sich über die schnelle Wandlung des alten Herrn – eben noch abweisend, nun beinahe herzlich. *Wie wenig es manchmal braucht, um eine Verbindung zwischen zwei Fremden herzustellen,* dachte sie.

Als Milena zurück in ihrer Pension ankam, konnte sie kaum erwarten, sich für den Abend fertigzumachen. Sie nahm eine rasche Dusche – das lauwarme Wasser tat ihrer angespannten Seele gut – und summte dabei eine Melodie, die sie irgendwo in einer Mozart-Aufnahme gehört hatte. Immer wieder musste sie an Viktor denken, den Cellisten. Sie stellte sich vor, wie er heute Abend auf der Bühne sitzen würde, und ihr Herz begann von Neuem zu flattern.

Frisch und duftend trat sie aus dem Bad, wickelte sich in ein Handtuch und sah zum Schrank hinüber, wo ihr pinkes Kleid hing. Noch nie hatte sie sich so auf das Anziehen eines Kleides gefreut. Sie schminkte sich leicht, aber sorgfältig: ein Hauch von Rouge, etwas Mascara, ein Lippenstift in einem dezenten Rosenholz-Ton. Dann schlüpfte sie in das Kleid, zog den schwarzen

Kaschmirschal über die Schultern und wählte ein Paar schwarze Ballerinas dazu, die sie vor Jahren in Hamburg gekauft hatte. Schließlich nahm sie die Perlenkette aus dem Samtbeutel. *Wunderschön.* Ganz vorsichtig legte sie sie an, trat vor den Spiegel und staunte selbst über ihr Spiegelbild.

Was sie sah, war eine Frau, die sich selbst liebte. Ein starkes, ungewohntes Gefühl durchzuckte sie. Früher war Sasha derjenige gewesen, der sie zum Strahlen brachte, der ihr immer sagte, wie besonders sie war. Seit seinem Tod hatte sie sich wie eine Pflanze gefühlt, die kein Licht mehr bekam. Nun stand sie hier, neunundsechzig Jahre alt, das Haar durchzogen von grauen Strähnen, aber mit Augen, die zu glänzen schienen.

Oh Sasha, dachte sie. *Ich hoffe, du siehst mich jetzt. Ich hoffe, du bist stolz auf mich.*

Sie griff nach ihrer kleinen schwarzen Clutch, verstaute Handy und Zimmerkarte. Dann verließ sie die Pension. Für den Weg zum Konzert suchte sie sich ein Restaurant in der Nähe. Hunger hatte sie nicht wirklich, aber sie wusste, dass sie etwas essen sollte, um nicht den ganzen Abend aufgeregt mit leerem Magen dazusitzen. Sie fand einen gemütlichen Gasthof, setzte sich und bestellte ein Wiener Schnitzel mit Erdäpfelsalat. Dazu ein kleines Bier.

Während sie aß, bemerkte sie immer wieder, wie Blicke auf sie fielen. Manchem Gast lag ein Kompliment auf den Lippen, anderen sah sie die Verwunderung an: *Wer ist diese Dame mit dem leuchtenden Kleid, die hier alleine sitzt und dabei so zufrieden lächelt?* Eine junge Frau, die an ihr vorbeiging, blieb kurz stehen und sagte: „Entschuldigen Sie, Sie sehen einfach umwerfend aus. Darf ich fragen, ob Sie etwas Besonderes vorhaben?"

Milena lächelte. „Danke, das ist sehr freundlich. Ich gehe zu einem Konzert, aber ehrlich gesagt... vielleicht ist das Leben allgemein Grund genug, sich etwas Besonderes anzuziehen."

Die junge Frau lachte. „Großartig! Ich hoffe, wenn ich in Ihrem Alter bin, habe ich auch so eine Ausstrahlung."

Milena spürte eine Welle von Freude und Unsicherheit zugleich. „Sie haben sie jetzt schon! Aber danke für Ihre Worte."

Der kurze Austausch tat ihr so gut, dass sie den Rest des Essens in fast euphorischer Stimmung einnahm. Danach bezahlte sie, bedankte sich bei den Kellnern und machte sich auf den Weg zum Konzertsaal. Die Dämmerung hatte sich längst über die Stadt gelegt, die Lichter Wiens glitzerten in den Fenstern, und die Luft war mild.

Vor dem Konzertsaal angekommen, schlug ihr Herz wild. Die Kasse war belagert, der Abend war offenbar gut besucht. *Hoffentlich bekomme ich noch ein Ticket,* dachte Milena. Sie trat an den Tresen und fragte nach. Die junge Frau am Schalter sah sie mit mitleidigem Blick an. „Es tut mir sehr leid, wir sind ausverkauft. Kein einziges Ticket mehr übrig."

Milena schluckte schwer. Eine Welle der Enttäuschung erfasste sie. Sie bedankte sich und trat einen Schritt zur Seite. *So viel Aufwand, diese ganze Aufregung, und jetzt bleibt mir nur ein Abend allein in Wien?*

Schon war sie im Begriff, sich umzudrehen und zu gehen, da hörte sie jemand ihren Namen rufen. „Milena! Milena!“ Sie wandte sich um und sah Anna, die Violinistin vom Probenraum. Strahlend kam sie auf Milena zu. „Du bist ja doch gekommen! Und du siehst einfach fantastisch aus! Das Kleid... wow, wirklich!“

„Dankeschön“, sagte Milena verlegen und merkte gleichzeitig, wie sich eine innere Erleichterung ausbreitete.

Anna nahm sie bei der Hand. „Komm mit! Wir haben einen Platz für dich! Meine Mutter konnte nicht kommen, also kannst du ihren Sitz haben, wenn du magst.“

„Das wäre wundervoll. Aber ich möchte auch das Ticket bezahlen...“

Doch Anna winkte ab. „Auf keinen Fall, das ist unser Geschenk für dich. Du bist unser Ehrengast, finde ich.“

Mit klopfendem Herzen folgte Milena ihr in den Saal. Es war ein prachtvolles, etwas kleineres Konzerthaus mit Stuckverzierungen und roten Polstersitzen. Die meisten Gäste trugen dunkle Anzüge oder Kleider – sie selbst leuchtete buchstäblich in Pink wie ein Vogel in einem Rabenschwarm. Kurz spürte sie Scham, doch ebenso ein leises Triumphgefühl: *Ich wollte auffallen. Ich selbst sein.* Und das war sie jetzt, durch und durch.

Sie nahm in der ersten Reihe Platz, leicht seitlich, direkt hinter dem Dirigentenpult. Einige Musiker erkannten sie wieder, winkten ihr zu, manche kamen sogar kurz herüber, begrüßten sie mit Handschlag. Die Blicke anderer Gäste spürte sie im Rücken – sie musste lächeln. *Was für ein kleiner Höhenflug,* dachte sie. *Wer hätte das je gedacht?*

Dann kam er. Viktor betrat die Bühne mit seinem Cello unter dem Arm. Er wirkte konzentriert, vielleicht etwas angespannt, und blickte zunächst nicht ins Publikum. Milena musterte ihn heimlich: groß, schmal, sein Gang leicht uneben, weil ein Bein kürzer war. Er war in eine schwarze Anzughose und ein weißes Hemd mit schwarzem Jackett gekleidet. Das Haar war grau und kurz geschnitten. Noch bevor er Platz nahm, überprüfte er den Bogen und beugte sich zu den Noten herab, als würde er jeden Takt gedanklich durchgehen.

Er merkte nicht, dass Milena ihn anstarrte – bis er endlich kurz den Blick hob und ihre Augen sich trafen. Eine Sekunde lang schien die Zeit stillzustehen. Er runzelte die Stirn, als müsste er seine Erinnerung ordnen, dann erkannte er sie. In seinen Augen war Überraschung zu lesen, ein kurzes Aufleuchten, ein beinahe scheues Lächeln. Sie lächelte zurück, hauchte ein lautloses „Hallo", und er wandte sich leicht errötend ab, konzentrierte sich wieder auf sein Instrument.

Der Dirigent betrat das Podium. Applaus brandete auf. Milena richtete sich ein wenig auf, spürte das Kribbeln in den Fingerspitzen. *Was passiert hier eigentlich? Bin ich verrückt?* Doch die Musik setzte ein und ließ keinen Raum mehr für Zweifel.

Mozart. Diese leichten, verspielten, aber doch so tiefgründigen Töne füllten den Saal. Milena vergaß alles um sich herum, ließ sich forttragen in die wunderbare Welt der Klänge. Sie war in der ersten Reihe, fast mittendrin. Immer wieder schweifte ihr Blick zu Viktor, beobachtete seine Hände, die mit konzentrierter Hingabe über die Saiten glitten. Manchmal schloss sie die Augen, nur um die Musik umso intensiver zu fühlen. Dann wollte sie ihn wieder sehen, suchte seinen Gesichtsausdruck.

In einem Moment begegneten sich ihre Blicke erneut. Er schaute kurz zu ihr, bevor er sich eilig wieder seinen Noten zuwandte. Aber sie hatte in diesen Sekunden ein warmes Leuchten in seinen Augen entdeckt. *Er ist noch schüchterner, als ich dachte.* Der Gedanke weckte in ihr eine leise Heiterkeit, aber auch Zuneigung.

Nach dem Konzert stand sie mit den anderen im Saal auf, klatschte begeistert. Die Zuhörer strömten Richtung Ausgang, doch Milena blieb kurz stehen, unsicher, was sie tun sollte. Da sah sie Viktor, der ihr zuwinkte, sich dann aber mit einer Geste an die Backstage-Tür wandte. Offensichtlich sollte sie ihm folgen. Sie zögerte kurz, dann ging sie zu den Musikern nach vorn.

Plötzlich umringten sie einige von ihnen. „Milena! Wie schön, dass du da warst!“ – „Ist das Kleid nicht unglaublich?“ – „Du bist strahlend wie eine Operndiva!“ Die Komplimente überschlugen sich fast. Sie spürte, wie ihr Gesicht heiß wurde. Wann wurde ich das letzte Mal so beachtet? Dennoch fühlte sie sich unbeschreiblich lebendig und ein wenig wie ein Filmstar.

Anna und ein paar andere Musiker luden sie in den Backstage-Bereich ein. „Wir stoßen immer an, wenn ein Konzert gut läuft. Komm, es gibt Champagner."

Milena ließ sich mitziehen. Der Raum hinter der Bühne war nicht groß, aber in der Luft lag ein triumphierendes Summen, ein Übermut, der sie ansteckte. Man reichte ihr ein Glas, sie prostete Viktor und den anderen zu. „Es war wunderbar", sagte sie. „Ich bin so froh, dass ich gekommen bin. Diese Musik... sie war wie eine Reise in eine andere Welt."

Die Musiker lächelten stolz, und wieder flogen bewundernde Blicke zu ihrem Outfit. Viktor stand etwas abseits, senkte oft den Blick, als wäre er in die Gespräche nicht recht involviert. Hin und wieder nickte er, wenn jemand ihn ansprach, aber seine Aufmerksamkeit lag spürbar bei Milena.

Nach und nach verabschiedeten sich die meisten, jeder hatte noch seinen eigenen Weg in die Nacht. Schließlich blieb nur ein kleiner Kreis übrig, zu dem Milena und Viktor gehörten. Anna hob ihr Glas. „Wir gehen noch in eine andere Bar, wer kommt mit?" Aber Viktor schüttelte leicht den Kopf. „Entschuldigt, ich muss noch mein Cello zurückbringen. Vielleicht später."

Einige Minuten später lichtete sich die Gruppe. Milena und Viktor standen nebeneinander und tauschten neugierige Blicke aus. Er ergriff endlich das Wort: „Es war schön, dich im Publikum zu sehen. Ich hatte gar nicht damit gerechnet, dass du wirklich kommst."

Sie lachte leise. „Erst war ich mir nicht sicher. Aber dann..." Sie sah an sich herab, auf das pinke Kleid. „Ich bin dir sehr dankbar für diesen Abend. Euch allen natürlich."

Viktor hob vorsichtig den Cello-Koffer. „Du wirkst zufrieden, irgendwie... glücklicher als gestern."

„Bin ich auch", gab sie zu. „Es ist schon verrückt. Vor ein paar Tagen war mein Leben noch so ... eintönig. Und jetzt kommt mir alles so lebendig vor."

Für einen Moment sahen sie sich einfach nur an. Dann meinte Viktor leise: „Hast du Lust, noch woanders hinzugehen? Ich kenne eine kleine Bar, in der es richtig gemütlich ist. Ein perfekter Ort, um den Abend entspannt ausklingen zu lassen."

Milena schmunzelte. „Sehr gern. Ich bin offen für Neues."

Kapitel 6: In der Krypt

Milena trat mit Viktor aus dem Konzertsaal, fest entschlossen, den Zauber dieses Abends noch ein wenig zu verlängern. Auf der Straße drängten sich die Menschen vorbei; es war schon spät, doch Wien pulsierte noch immer im Rhythmus der Nacht. Viktor schlug vor, eine Bar aufzusuchen, die er kannte. Er nannte sie „Krypt“, und schon der Name klang geheimnisvoll.

Sie folgten ein paar dunklen Seitengassen, bis Viktor schließlich vor einer unscheinbaren Tür stehenblieb, an der keinerlei Schild zu sehen war. Er öffnete die Tür und winkte Milena, ihm zu folgen. Zögernd trat sie ein. Dämmeriges Licht fiel auf eine schmale Treppe, die nach unten führte. Ihr Herz klopfte, als sie die Treppe hinabstieg. Ein kurzer, verwinkelter Gang, mehrere Türen – fast sah es aus wie der Flur einer alten Wohnung. Dann endlich ein warmer Lichtschein: Sie traten in einen hohen Kellerraum mit Ziegelgewölbe, ausgelegt mit dunkelrotem Teppich. Dezent gesetzte Lampen warfen ihre Schatten an die Wände, und vereinzelte Kerzen brannten auf den schweren Holztischen.

„Was ist das denn für ein Ort?“ Milena blickte sich fasziniert um. Sie sah Ledersessel, kleine Nischen, in denen Gäste in gedämpften Stimmen sprachen. Die Atmosphäre wirkte edel und zugleich rustikal – wie eine Mischung aus Geheimklub und Weinkeller.

„Eine alte Wiener Bar, die nur unter Kennern einen Namen hat“, sagte Viktor leise. „Nichts für Touristenbusse oder flüchtige Besucher. Aber perfekt, um zu plaudern – und vielleicht ein wenig verrückt zu sein." Er grinste.

Sie lachte. „Mit dir gehe ich immer weiter in unerforschtes Terrain. Was hast du noch vor?"

Viktor räusperte sich. „Hast du je Absinth probiert?"

Milena riss die Augen auf. „Die ‚Grüne Fee'? Da hat man mir erzählt, dass manche Künstler sich in einem Rausch ein Ohr abschnitten!"

„Ach, Van Gogh." Viktor schmunzelte. „Ich schätze, das war mehr sein Genie als der Absinth. Heute wird ohnehin viel weniger Wermut verwendet – harmloser als früher." Er nahm sie an der Hand und ging mit ihr zur Bar, wo ein alter Barmann in einem weißen Hemd mit schwarzer Schürze mixte. „Wir probieren mal den Mata Hari, einen Wiener Absinth nach uraltem Familienrezept. Ich verspreche, du wirst den Abend überleben."

„Na gut." Milena nickte skeptisch. „Ich hoffe nur, mein Ohr bleibt dran."

Der Barkeeper bereitete die Drinks mit akribischer Routine zu: Ein silberner Löffel, darauf ein Stück Zucker, das mit Absinth getränkt wurde. Er zündete es an, und die Flamme zischte in den Halbdunkel. Kurz zuckte Milena zurück, als ein kleiner Feuerfunke in ihr Glas fiel.

„Keine Sorge", sagte Viktor lachend. „So soll es sein. Es löst die Aromen."

Der Barkeeper löschte das brennende Zuckerstück mit kaltem

Wasser, und die Flüssigkeit verwandelte sich in eine milchig-grüne Wolke. Ein mystischer Anblick, ganz wie in den alten Künstlerlegenden. Neugierig hob Milena das Glas. Viktor stieß mit ihr an.

„Auf diesen Abend“, sagte er.

„Auf diesen Abend“, wiederholte sie leise und nahm einen vorsichtigen Schluck. Ein kräuteriger, leicht bitterer Geschmack füllte ihren Mund, ging in eine überraschend weiche Süße über. „Das ist ja wirklich... anders.“

Sie setzten sich auf zwei hohe Barhocker, Rücken zur Ziegelwand, und begannen zu plaudern. „Bist du aus Wien?“ fragte Milena, nachdem sie erneut von ihrem Glas gekostet hatte.

Viktor schüttelte den Kopf. „Ich stamme eigentlich aus Prag. Meine Mutter ist damals mit mir hierher geflohen, um etwas Abstand zu gewinnen. Mein Vater war kein angenehmer Mensch, hatte Probleme mit dem Trinken... Ich glaube, Wien wurde für meine Mutter wie ein Rettungsboot.“

„Das muss schwer gewesen sein“, sagte Milena mitfühlend.

Viktor zuckte die Schultern. „Wer weiß, vielleicht war es gut, mein Nest früh zu verlassen. So habe ich die Welt kennengelernt.“

Milena sah ihn an. „Ich kenne das Gefühl. Anfang der 80er bin ich aus Belgrad geflohen. Auch nicht aus Vergnügen – eher aus Notwendigkeit. Es war nicht leicht, aber manchmal muss man einen Sprung ins kalte Wasser wagen.“

Er fragte sie nach ihrem Leben, und sie berichtete von Karlsruhe, ihrer Arbeit, ihrem Mann Sasha, ihren zwei Söhnen. Als er vorsichtig fragte, warum sie allein reise, schwieg sie kurz. „Mein Mann... er ist nicht mehr hier. Er starb vor fünf Jahren."

Viktors Gesicht veränderte sich. Er griff nach ihrer Hand. „Es tut mir so leid."

Sie atmete tief durch. „Ist schon in Ordnung. Ich vermisse ihn, aber... das Leben geht weiter." Ihre Stimme klang belegt, doch sie lächelte tapfer. „Und du? Hast du jemanden, der auf dich wartet?"

Er schüttelte den Kopf. „Nein. Ich... war eigentlich immer allein. Wegen meines kürzeren Beins war ich schon als Junge sehr unsicher. Ich dachte, niemand könnte mich so mögen, wie ich bin. Außerdem waren mir viele Frauen zu oberflächlich, oder vielleicht war ich es, der kein Vertrauen fassen konnte..."

„Und was wünschst du dir dann?", fragte Milena leise, beeindruckt von seiner Offenheit.

„Eine Gefährtin. Jemanden, der auch die Musik liebt, das Reisen, die Welt. Mit dem ich die Tage teilen kann, ohne mich verstellen zu müssen." Er zuckte ein wenig verlegen mit den Schultern. „Ich weiß, es klingt naiv, aber... ich bin noch auf der Suche."

„Naiv? Nein." Milena schüttelte den Kopf. Sie spürte plötzlich eine Wehmut in seiner Stimme, die sie selbst nur zu gut kannte.

Nach einer Weile, in der sie sich in stillem Einvernehmen ansahen, fragte Viktor: „Und du? Datest du wieder? Wo liegt dein Herz nach all den Jahren?"

Sie lächelte schwach. „Nein. Ich konnte mir so etwas nicht vorstellen. Sasha war... großartig. Und zugleich war ich nach seinem Tod wie eingesperrt in meiner Trauer. Es fühlt sich fremd an, sich jetzt... wieder zu öffnen. Manchmal denke ich, ich rede mehr mit ihm, seit er fort ist, als ich es zu Lebzeiten tat."

Viktor nickte langsam und sagte eine Weile nichts. Die Spannung zwischen ihnen wuchs, ein vorsichtiges Tasten, ob da mehr war als nur freundliches Interesse. Eine leichte Verlegenheit legte sich über sie. Milena zog die Augenbrauen zusammen, räusperte sich.

„Erzähl mir mehr von deiner Musik," fragte Milena leise und beugte sich ein wenig vor. „Wie bist du zum Cello gekommen? Und was hörst du sonst so, wenn du zuhause bist?"

Viktors Augen begannen zu leuchten, als würde man eine Lampe einschalten. „Das Cello ist für mich... sagen wir, es ist wie eine Geliebte. Ich weiß, das klingt vielleicht dramatisch, aber ich fühle mich diesem Instrument zutiefst verbunden. Schon als Kind habe ich mir immer wieder Cellokonzerte angehört. Meine Mutter konnte sich nur die alten Vinylplatten leisten, die sie auf Flohmärkten fand. Das waren oft zerkratzte Aufnahmen von Dvořák oder Saint-Saëns, manchmal auch welche von Bach. Ich weiß nicht, wieso, aber diese tiefen, warmen Töne haben mich sofort umgehauen. Es war, als könnte ich darin versinken und meine Gefühle darin spiegeln."

Er machte eine kurze Pause, nahm einen Schluck von seinem Absinth und schaute in die funkelnde Flüssigkeit, als sähe er dort Bilder aus seiner Vergangenheit. „Im Orchester, da spiele ich natürlich die Klassiker, was man eben so spielt: Beethoven, Brahms, Mozart, Tschaikowski. Aber wenn ich zuhause alleine bin, möchte ich nicht immer nur dasselbe wiederholen. Dann setze ich mich oft einfach hin, nehme mein Cello und lasse die Hände machen. Ich fange irgendwo an, einer Melodie nachzuspüren, und lasse sie sich entwickeln – völlig frei. Manchmal klingt es orientalisch, so als wäre ich in einem Café in Damaskus, wo Klänge aus einer Oud und einer Flöte sich mischen. Dann treibe ich es in etwas Jazziges hinein, fast so, als säße ich in einem verrauchten Pariser Kellerclub. Ich mag auch fernöstliche Klänge, also übe ich manchmal fremde Skalen und versuche, etwas von dieser asiatischen Anmut einzufangen. Und plötzlich finde ich mich wieder in einem ganz anderen Gefühl, fast wie in einem lateinamerikanischen Rhythmus. Es ist schwer zu erklären. Ich beginne bei einer Ahnung und reise quasi durch verschiedene Musikwelten, bis ich schließlich an einem Ziel ankomme, das ich gar nicht geplant hatte."

„Das klingt wundervoll", sagte Milena, während sie unwillkürlich die Arme auf dem Tisch verschränkte und sich zu ihm beugte. „Fast wie eine Abenteuerreise, nur dass du sie in deinem Wohnzimmer startest. Zeigst du diese Stücke denn niemandem?"

Viktor schüttelte den Kopf. „Nein. Es ist ziemlich persönlich, verstehst du? Ich spiele es nur für mich selbst. Das ist wie ein Tagebuch, das ich mit Noten fülle, ohne die Absicht, es je zu veröffentlichen. Das hat kein anderer Mensch je gehört – außer vielleicht mein unglückseliger Nachbar, der womöglich durch die Wände mithören muss. Ich weiß nicht einmal, ob das jemanden interessieren würde. Ich improvisiere einfach, weil es mich befreit."

„Aber wieso?", fragte Milena. Sie klang fast ungeduldig. „Stell dir vor, Mozart oder Haydn hätten ebenso gedacht. Wir wären doch heute viel ärmer in der Musikgeschichte, hätten all diese Kompositionen nie kennengelernt! Du musst dem, was du erschaffst, eine Chance geben. Vielleicht berührt es andere Menschen genauso, wie es dich berührt."

„Ich glaube nicht, dass ich in Mozarts Liga spiele", wandte Viktor lächelnd ein. „Das ist nur mein kleines Privatprojekt."

Doch Milena ließ nicht locker. „Wir sind immer unsere eigenen schärfsten Kritiker. Weißt du, es geht nicht darum, ein neuer Mozart zu sein. Es geht darum, der Welt einen Teil von dir zu zeigen, von dem du nicht weißt, ob er den Menschen etwas geben kann. Und wenn schon nur ein Mensch davon inspiriert wird, hat es sich doch gelohnt."

Viktor sah sie an, für einen Moment sprachlos. Ihre Begeisterung und ihre Wärme hatten ihn offensichtlich gerührt. „Da ist etwas Wahres dran", sagte er langsam. „Vielleicht bin ich einfach zu schüchtern, zu unsicher, um mich damit zu zeigen. Die Musik ist... na ja, das Innerste, das ich habe."

„Gerade deshalb ist sie wertvoll", erwiderte Milena leise. „Du musst sie nicht gleich auf einer großen Bühne vortragen. Aber versprich mir, dass du wenigstens darüber nachdenkst, jemanden daran teilhaben zu lassen, dem du vertraust."

Viktor atmete tief durch, ein Lächeln huschte über seine Lippen, bevor er unsicher die Schultern hob. „Vielleicht… irgendwann. Aber ich kann nicht sagen, wann. Es fällt mir schwer, mich so zu öffnen."

Milena spürte seine Zurückhaltung. Sie nickte verständnisvoll. „Ich verstehe das. Wir sind oft unsere eigenen größten Feinde, wenn es darum geht, etwas von uns preiszugeben. Gerade weil wir so viel hineinlegen, tun wir uns schwer damit, es zu teilen."

Viktor ließ den Blick über den Rand seines Glases schweifen. „Ja, manchmal frage ich mich, ob es überhaupt jemanden interessieren würde, wie ich meine eigene Musik gestalte. Es ist so persönlich…"

„Wir sind immer die härtesten Kritiker unserer selbst", meinte sie sanft. „Gib der Welt eine Chance, dich zu erleben."

Er lächelte, sah sie forschend an und fragte leise: „Tust du das auch? Ich meine… gibst du der Welt eine Chance, *dich* zu erleben?"

Sie spürte, wie ihr Herz schneller schlug. „Ich weiß es nicht. Vielleicht habe ich mich in meine Routine geflüchtet. Vielleicht wollte ich immer alles kontrollieren, statt mich den Wundern und Gefahren des Lebens zu stellen."

Ein Kloß steckte in ihrer Kehle. Eine leise Trauer wallte in ihr auf, und sie fühlte Tränen in ihren Augen brennen. Er legte zart seine Hand auf ihre und wischte mit der anderen Hand behutsam eine Träne von ihrer Wange. Sie hielten sich einen Moment lang im Blick, ganz nah – die Musik der Bar und die Gespräche der anderen Gäste verblassten zu einem fernen Rauschen.

Gerade als sie glaubte, sie würden sich küssen, drängten sich drei laute junge Männer an die Theke und bestellten Bier. Sie entschuldigten sich hastig, aber die magische Sekunde war verschwunden. Milena wandte den Blick ab, unentschlossen, ob sie nun erleichtert oder wütend war.

„Vielleicht... sollten wir gehen?", fragte sie schließlich. „Es ist spät."

Viktor nickte langsam, zahlte die Rechnung, und sie verließen die Bar in einem seltsamen Schweigen.

Draußen schlug ihnen die frische Wiener Nachtluft entgegen wie ein sanfter, aber zugleich ernüchternder Hauch der Realität. Sie gingen nebeneinander durch die stiller gewordenen Gassen, während die Stadt dennoch in der Ferne flackerte und raunte. Trotz des milden Wetters fröstelte Milena leicht; sie konnte nicht sagen, ob es an der kühlen Luft lag oder an diesem verwirrenden Strudel von Gefühlen.

Der Absinth hatte ihren Geist benebelt, doch vor allem das Gespräch mit Viktor hallte in ihr nach. Ihre Hoffnungen, ihre Zweifel, sogar ein wenig Scham, weil sie sich so sehr nach seiner Nähe sehnte – all das tobte in ihr. Dabei war sie doch mit fast siebzig nach außen hin eine gefestigte Frau gewesen, hatte ihre

Routinen gekannt und war auf niemanden angewiesen gewesen. Doch nun zitterte etwas in ihr wie das Herz eines jungen Mädchens, das zum ersten Mal Verliebtheit spürt.

Viktor wirkte ebenfalls in Gedanken gefangen. Immer wieder sah sie ihn seitlich an. Sein Gesicht, eben noch so lebhaft in der Bar, hatte sich verschlossen. Oder war es bloß Konzentration, die ihn umhüllte? Sie wusste es nicht. Sie spürte nur, dass sich zwischen ihnen ein Knistern aufgebaut hatte, das beängstigend und aufregend zugleich war. Was, wenn diese Nacht niemals enden müsste? dachte sie einen flüchtigen Augenblick lang.

Kurz vor ihrer Pension blieb sie stehen. Das Gebäude wirkte mit seinem alten Art-Déco-Eingang seltsam unbeteiligt an ihrem Gefühlschaos. Sie fasste sich ein Herz und wandte sich ihm mit forschendem Blick zu. „Viktor… darf ich wissen, wie alt du bist?“ Sie hatte ihm diese Frage den ganzen Abend über stellen wollen, aber sich nicht getraut.

Er zog die Brauen zusammen, als ahne er bereits ihre Unsicherheit. „Dreiundsechzig“, sagte er zögerlich. „Warum fragst du?“

Milena stockte. *Sechs Jahre jünger als ich.* Sie musste schlucken, ihr Herz klopfte plötzlich bis zum Hals. „Ich… bin neunundsechzig.“ Ihre Worte kamen leise heraus, fast schüchtern, als wäre das eine Schuld, die sie beichten musste.

Viktor betrachtete sie einige Sekunden, bevor er heiser lachte. „Aber das ist doch wirklich kein Problem, Milena. Wir sind beide nicht mehr zwanzig, das stimmt – aber heißt das, wir dürfen nicht…“ Er brach ab, als er sah, wie sie den Blick senkte.

Denn sie brachte kein Lächeln zustande. In ihrem Kopf wirbelten widersprüchliche Gedanken umher. *Er ist sechs Jahre jünger. Wie kann das funktionieren?* Bilder ihres bisherigen Lebens erschienen in rascher Folge: all die Regeln, die sie selbst nie hinterfragt hatte, die Erfahrung, dass ein Mann oft älter zu sein habe oder zumindest gleichaltrig. Dieser ungewohnte Perspektivwechsel ließ sie sich unwillkürlich verschließen. *Das passt doch nicht,* murmelte sie innerlich. *Das kann nicht passen.*

Schweigend stand sie vor dem Portal ihrer Pension, während die nächtliche Stille ihre Zweifel nur lauter machte. Sie zwang sich, einen Satz herauszubringen: „Danke für den Abend…" Dann trat sie näher an ihn heran und umarmte ihn kurz. Ihre Wangen brannten, und sie wusste nicht, ob es Scham oder etwas anderes war, das sie so erröten ließ.

Viktor erwiderte die Umarmung sachte, fast zögernd, als hätte er Angst, sie zu verschrecken. In seinen Augen war deutlich zu lesen, dass er sie nicht loslassen wollte – aber ebenso, dass er ihre Verunsicherung spürte. „Vielleicht sehen wir uns wieder?", sagte er leise, als sie schon einen Schritt zurücktrat.

Sie wandte den Blick ab, flüsterte ein tonloses „Ja… vielleicht", und obwohl sie gerne mehr sagen wollte, brachte sie kein Wort über die Lippen. Hastig wandte sie sich zur Tür, murmelte ein abschließendes „Gute Nacht" und verschwand im Hausflur, ohne ihm noch einmal in die Augen zu sehen.

Im Treppenhaus pochte ihr Herz wie wild. Sie konnte fühlen, wie sie gleichzeitig Erleichterung und tiefen Schmerz verspürte. *Warum bin ich nur so feige?* dachte sie. Ihre Füße drückten energisch Stufe um Stufe, als wolle sie möglichst rasch in ihrem Zimmer verschwinden, bevor sie es sich anders überlegte.

Oben angekommen, blickte sie aus dem Flurfenster. Viktor stand noch immer vor dem Eingang, als hoffe er, sie würde zurückkommen. Fast hätte sie das Fenster geöffnet, ihn gerufen, doch dann erstarrte sie. Eine unsichtbare Hand zog sie davon zurück, und sie drückte sich an die Wand, um ihm nicht aufzufallen. Ihr Herz raste. Sie hörte, wie er nach einer Weile seufzend den Blick senkte, sich umwandte und mit schlurfenden Schritten davonging. Der Cello-Koffer auf seinem Rücken sah im Schein der Straßenlaternen aus wie ein treuer Begleiter, der nicht wusste, was passiert war.

Als Milena schließlich die Zimmertür hinter sich schloss, überkam sie eine plötzliche Leere. Sie lehnte den Kopf an die Tür und spürte, wie ihr die Tränen kamen. *Was ist nur los mit mir?* Tausend Fragen schossen durch ihren Kopf. *Warum kann ich mich nicht einfach freuen? Warum mache ich mir so viele Gedanken um ein paar Jahre Altersunterschied?*

Sie ging zum Spiegel, ließ das pinke Kleid noch an, betrachtete die Frau, die sie vor nicht allzu langer Zeit in Karlsruhe eher trostlos gesehen hätte – und die nun in einem wilden Gefühlswirrwarr steckte. „Was machst du da nur?" flüsterte sie, während ihre Finger nervös am Stoff des Kleides spielten. Es war, als hätte sie sich selbst in diesem Outfit neu entdeckt, nur um jetzt voller Zweifel zurückzuschrecken.

Mit einem Seufzen schälte sie sich schließlich aus dem Kleid, strich behutsam die Falten glatt und legte Schal und Schuhe beiseite, ganz ordentlich, als könnte sie so Ordnung in ihr Inneres bringen. Doch in ihrem Kopf kreiste alles um Viktor: sein scheues Lächeln, die Wärme seiner Hand auf ihrer, die Geschichten aus seiner Kindheit und das verrückte Gefühl, dass er sie vielleicht mehr verstand, als sie sich selbst verstand.

Sie versuchte, ihre Gedanken auf andere Dinge zu lenken – auf den morgigen Tag, auf ihre Reisepläne. Aber es gelang ihr nicht. Das Bild vom flackernden Licht, das sanft die Stille in der Bar erhellt hatte, und Viktors Stimme, sein Lachen, sein zaghafter Versuch, ihre Zweifel zu zerstreuen, waren zu präsent.

In ihrem kleinen Bad plätscherte das Wasser, während sie sich das Gesicht wusch. Das Make-up verlief ein wenig mit ihren Tränen. *Wie kann ein einziger Abend alles so durcheinanderbringen?* fragte sie sich. Sie stellte das Wasser ab, starrte in den Spiegel. Ihre Augen waren gerötet, und trotzdem glühte noch irgendwo ein Funke. *Ich bin wach,* dachte sie. *Das Leben hat mich wachgeküsst – und ich habe Angst, es wieder zu verschlafen.*

Erst im Bett, unter der weichen Decke, fand sie eine Art Ruhe. Doch ihr Geist blieb aufgewühlt. Immer wieder tauchte Viktors Gesicht vor ihrem inneren Auge auf, sein fragender Blick, als wäre er die Brücke zwischen der Welt, die sie hinter sich gelassen hatte, und einer neuen Zukunft, die sie noch nicht wagte zu betreten. Stundenlang warf sie sich hin und her, bis der Schlaf sie schließlich übermannte.

In ihren Träumen mischten sich Szenen des Abends: das glühende Zucken der Zuckerflamme über dem Absinth, sein Duft, der ihre Sinne umschmeichelte, und Viktors tiefe Stimme, die durch all das hindurch klang, flüsternd: *Gib dir und der Welt eine Chance.*

Kapitel 7: Abreise nach Belgrad

Milena erwachte, ohne anfangs recht zu begreifen, wo sie sich befand. Noch halb benommen tastete sie sich im dämmerigen Zimmer der Pension Central zurecht. Durch die Vorhänge drang kein heller Lichtschein, vielmehr wirkte das Fenster wie mit einem grauen Schleier verhangen. In ihr wuchs das Gefühl, dass dieser Tag eine Art Grenze markieren würde – eine Grenze zwischen der berauschenden Zeit, die sie in Wien erlebt hatte, und einer ungewissen Fortsetzung ihrer Reise.

Sie blieb eine Weile im Bett liegen, wie festgenagelt von widersprüchlichen Emotionen. Einerseits spürte sie eine tiefe Verwirrung, fast schon Resignation, weil sie nicht wusste, was sie von den vergangenen Tagen halten sollte. Sie hatte sich lebendiger gefühlt als in den letzten fünf Jahren zusammen – und zugleich verwirrter. Andererseits war da aber auch dieser leichte Anflug von Triumph: Sie hatte es gewagt, hatte sich auf Neues eingelassen, sogar auf ein gewisses Knistern mit Viktor, das sie nie für möglich gehalten hätte.

Doch nun überkam sie eine leise Traurigkeit. Sie wusste nicht, wie sie dem Ganzen begegnen sollte, wenn sie noch länger in Wien bliebe. War es nicht besser, zu gehen, die Flucht nach vorn anzutreten, bevor die Gefühle noch komplizierter wurden? Sie hatten keine Kontaktdaten ausgetauscht, was sie gleichermaßen bedauerte und erleichterte. *Habe ich ihn nun verloren? Oder war er überhaupt je ‚meiner'?* Es war alles seltsam, und sie hatte keine klare Antwort.

„Vielleicht bin ich selbst schuld“, murmelte sie in die leere Stille des Zimmers. „Vielleicht sollten manche Begegnungen aber auch einfach so bleiben – als schöne Erinnerung.“

Mit einem Seufzer stand sie schließlich auf, schob die Vorhänge beiseite und blickte auf die Straße hinunter. Ein feiner Nieselregenschleier lag über Wien und tauchte die Dächer und die wenigen Passanten in ein trübes Licht. Die graue, bedeckte Morgendämmerung passte zu ihrer Gemütsverfassung: irgendwie schwer, düster, als hätte sie inmitten all des Erlebten den klaren Blick verloren.

Sie streifte sich eine Jeans über, zog einen bequemen Pullover an und wählte ihren olivgrünen Herbstmantel, der sie schon durch so manch ungewisse Situation begleitet hatte. Während sie ihre wenigen Habseligkeiten in den leichten Rollkoffer packte, kreisten ihre Gedanken unentwegt um Viktor, den Stoizismus und ihre eigenen Pläne. Lerne anzunehmen, was ist, sprach sie sich still zu. Vielleicht war dies der Moment, ihr eigenes Lebenschaos nicht mehr zu verleugnen, sondern es einfach geschehen zu lassen, ohne krampfhaft Lösungen zu erzwingen.

Trotzdem konnte sie nicht leugnen, wie sehr ihr die Nacht mit Viktor nachging. Auch wenn die Bar-Atmosphäre und der Absinth ihren Teil zur Stimmung beigetragen hatten, war es doch etwas Tieferes gewesen, das sie an ihm faszinierte. *Ist es nicht verrückt, wie in wenigen Tagen so viel passieren kann, obwohl sich in den letzten Jahren kaum etwas bewegte?* Gleichzeitig war sie fast froh, ihm ‚widerstanden‘ zu haben – oder sich selbst –, weil sie sich nicht sicher war, ob sie einer derartigen Nähe schon wieder gewachsen wäre.

Als sie schließlich mit dem Koffer zum Zimmereingang ging, stockte sie noch einmal. Ihr Blick schweifte durch den Raum, in dem sie in so kurzer Zeit so viele Emotionen erlebt hatte. Es war, als klebten die Erinnerungen an den Wänden. Einen flüchtigen Moment überlegte sie, ob sie kurz zum Musikprobesaal zurückkehren sollte, an jenen Ort, wo sie Viktor zum ersten Mal getroffen hatte. Doch schon beim Gedanken daran spürte sie brennende Scham. *Was, wenn er gar nicht da ist? Was, wenn er dort ist, mich aber gar nicht sehen will?* Zu peinlich erschien ihr dieser Plan. Mit einem entschiedenen Kopfschütteln schob sie die Idee beiseite.

Sie ließ den Schlüssel an der Rezeption und bestellte sich ein Taxi zum Flughafen. Auf der Fahrt durchs verregnete Wien sah sie aus dem Fenster, wie Regentropfen über die Scheibe rannen und die Lichter in lange Streifen verwischten. Trotz der frühen Stunde herrschte schon reger Verkehr, und das Grau des Himmels schien sich auf alles zu legen.

Als sie am Flughafen Wien-Schwechat ankam, war sie zunächst verwirrt von der Weite der Gänge und Terminals. Sie zog den Kragen ihres Mantels hoch, um sich darin zu vergraben, und folgte den Schildern zum Check-in. Hier, zwischen all den Menschen, die mit Koffern und Taschen eilten, fühlte sie sich wieder klein und verloren. Doch als sie sich in der Schlange vor der Sicherheitskontrolle anstellte, verspürte sie ein paradoxes Gefühl der Ruhe. Es ist gut, dass ich so früh hier bin. Dann muss ich mich nicht beeilen.

Nach dem Einchecken gönnte sie sich einen schnellen Kaffee in einem der kioskartigen Bistros, das inmitten des Duty-Free-

Trubels lag. Um sie herum huschten Menschen in Anzügen mit Aktenkoffern, Backpacker mit riesigen Rucksäcken und Familien mit Kinderwagen vorbei. Ein so anderes Leben als das, was sie eben noch in Wien empfunden hatte – die kleine, intime Welt der Musik, der Bars und geheimen Orte. Aber auch das war Teil der Wirklichkeit.

Ein leises Lächeln huschte über ihre Lippen, als sie daran dachte, wie sie nun inmitten dieser gesichtslosen Reisenden stand und doch ein Geheimnis hütete, von dem niemand etwas wusste. *Ich habe etwas erlebt, das kann mir keiner nehmen.* Die bittersüße Erinnerung an Viktor, an sein schüchternes Lächeln, an den Moment, als er ihre Hand genommen hatte, war in ihr wie ein warmer, wehmütiger Schatz.

Sie sah auf ihre Uhr. Noch eine halbe Stunde, bis das Boarding begann. *Vielleicht ist es gut, dass ich jetzt weiterziehe,* sagte sie sich. *Ich wollte ja reisen, Europa sehen, schließlich auch Belgrad besuchen. Warum also zögern?* Und doch bohrte in ihr die Frage: *Hätte ich ihm mehr Raum geben sollen? Werde ich es bereuen, einfach fortzufliegen?*

Aber die Zeit drängte, und sie ließ ihre Zweifel in der Cafétasse zurück. *Geht nicht anders.* Sie schulterte ihre kleine Handtasche, nahm ihren Rollkoffer und schlenderte in Richtung Gate. Auf dem Weg musterte sie die Duty-Free-Shops und Buchläden, ohne echte Lust, sich dort umzusehen. Ihr Kopf war schlicht zu voll – noch mehr Impulse würden sie nur zusätzlich verwirren.

Das Boarding verlief reibungslos. Sie zeigte ihre Bordkarte, folgte dem Gang in den Flieger und nahm einen Fensterplatz ein. Während andere Passagiere ihr Handgepäck verstauten, blickte sie hinaus auf das graue Rollfeld. Dunst umgab die startenden Maschinen, ein feiner Sprühregen glitzerte im Scheinwerferlicht. Fast sah es aus, als würfe der Himmel kleine, silberne Fäden zur Erde. *Alles ist im Fluss,* dachte sie. *Vielleicht fliege ich jetzt aus dem Regen heraus in ein neues Kapitel.*

Als das Flugzeug abhob, spürte sie ein leichtes Kribbeln im Bauch. Unten schrumpften die Häuser, die Straßen, das hektische Chaos des Flughafens. Kurz war sie in Versuchung, einen letzten Blick auf Wien zu werfen, aber die Wolkenschicht verschluckte ihren Blick. *Lebe wohl, Wien,* flüsterte sie leise. *Danke für die verrücktesten zwei Tage seit langem.*

Die Maschine ruckelte kurz, als sie durch eine letzte dicke Wolkenschicht brach. Plötzlich fiel ein strahlender Lichtschein durch das runde Kabinenfenster – grell und warm zugleich, als wollte die Sonne selbst Milenas Hand ergreifen. Sie blinzelte, schützte ihre Augen mit der Hand und musste unvermittelt lächeln. Nur wenige Minuten zuvor hatte sie in Wien den Nieselregen auf der Startbahn gesehen, und alles wirkte grau und schwer. Jetzt war es, als hätte sie eine Tür in eine andere Welt aufgestoßen.

Sie ließ den Blick hinausgleiten, über ein Wolkenmeer, das unten dunkel und regnerisch gewesen war und von hier oben betrachtet nichts als wattige Gebirge bildete, in denen das Licht beinahe spielerisch tanzte. Die tiefere Symbolik traf sie unvorbereitet: *Die Sonne ist immer da,* dachte sie, *auch wenn wir sie manchmal nicht sehen.* Ein leises Lächeln huschte über ihre Lippen. Genau so war es vielleicht mit den Dingen, vor denen sie sich fürchtete. Sie dachte an Viktor: Er hatte in diesen wenigen Tagen wie ein Sonnenstrahl in ihr Leben geschienen, doch ihre Ängste – die Wolken – hatten sie daran gehindert, sich ganz darauf einzulassen. *Andere Leute würden doch reden,* hatte eine Stimme in ihr gemahnt. *Er ist jünger, du bist älter, passt das überhaupt?* All diese Zweifel fühlten sich im Nachhinein an wie Wolkenschleier, die zwar die Sicht versperrten, jedoch nichts an der Wirklichkeit der Sonne änderten.

Milena atmete tief durch und schloss für einen Augenblick die Augen. *Vielleicht sollte ich manchmal einfach dran glauben, dass darüber immer das Licht wartet,* sagte sie sich, *auch wenn ich es gerade nicht sehe.*

Sie öffnete wieder die Augen und griff in ihre Tasche. Ein kurzer, flüchtiger Blick galt ihrer Sitznachbarin, eine Frau, die wohl kaum viel jünger war als sie selbst – vielleicht Mitte fünfzig –, aber jung und angespannt wirkte. Sie war in ein buntes Tuch gehüllt und tippte unablässig auf ihrem Handy herum, offenbar in einem Computerspiel vertieft. Die Hände bewegten sich hastig und konzentriert, die Augen fixierten den Bildschirm. *Ob sie wahrnimmt, wie atemberaubend schön es hier oben ist?*, fragte sich Milena im Stillen. *Ob sie den Sonnenaufgang über dem Wolkenmeer je anschaut?* Sie kannte diesen Reflex: manchmal ist es leichter, sich mit kleinen Ablenkungen zu befassen, als sich auf das große Wunder um einen herum einzulassen. Oder war es vielleicht genau das: Die riesige Fülle an Eindrücken, an Möglichkeiten, vor der man kapituliert und stattdessen eine winzige, berechenbare Welt auf dem Handydisplay wählt?

Sie seufzte leicht, zog sich stattdessen Mark Aurels Selbstbetrachtungen hervor und schlug die Seiten auf. Gabriels kleine Widmung hatte sie auf der ersten Seite bereits mehrfach gelesen: *„Für Milena. Mögest du auf deiner Reise sowohl in der Welt als auch in dir selbst neue Ufer entdecken.“* Vorsichtig strich sie mit dem Zeigefinger über den Eintrag. Neue Ufer. Während sie an Viktor dachte, spürte sie einen leichten Stich im Herzen. Sie war sich nicht sicher, ob sie dieses Ufer jemals würde betreten können – oder ob sie nicht lieber umkehrte, bevor sie überhaupt angekommen war.

Sie begann zu lesen. Immer wieder tauchten in dem alten Leinenband unterstrichene Stellen und kurze Randnotizen auf, vermutlich von Gabriel selbst. Manchmal stand ein winziges „!“, manchmal ein Nachsatz wie „Stoische Ruhe = innere Freiheit?“. Milena musste schmunzeln: Es war, als würde sie in Gedanken noch immer mit diesem Wiener Philosophen plaudern, obwohl er gar nicht da war. Ein Satz sprang ihr besonders ins Auge: *„Vergiss nicht, dass nicht die Ereignisse dich quälen, sondern deine Beurteilung derselben.“* Sie fragte sich, ob sie je lernen würde, ihre Ängste anders zu beurteilen. Vielleicht war alles gar nicht so schwierig, wie sie es sich machte. Vielleicht war sie es selbst, die jenen Wolkenschleier spannte, der die Sonne verhinderte.

Unter ihr löste sich das Wolkenmeer allmählich auf. Die Zeit in der Luft verging rasch, fast zu rasch. Nach einer guten Stunde Flug setzte die Maschine bereits zum Sinkflug an. Milenas Magen krampfte kurz, als das Flugzeug an Höhe verlor. Ein Blick aus dem Fenster verriet, dass sie nun einer neuen Stadt entgegenflog. Von oben wirkte alles ordentlich, aber sie wusste: Belgrad war vieles, nur nicht geordnet.

Als der Flieger auf dem Nikola-Tesla-Flughafen aufsetzte, begann es gerade wieder leicht zu regnen. *Wenigstens hat sich das Wetter nicht groß geändert,* dachte Milena und grinste gequält. Sie hatte sich insgeheim etwas anderes erhofft, vielleicht einen strahlenden Oktobersonnenschein, der sie empfangen würde. Aber gut, Belgrad konnte sie auch in Grau begrüßen.

Nach der Gepäckausgabe stand sie schließlich vor dem Terminal, die Hände an ihrem Rollkoffer. Ein Schwall von Autoabgasen, Zigarettenrauch und Straßengeräuschen drang an sie heran – unverkennbar Belgrad. Für einen kurzen Augenblick fühlte sie sich in ihre eigene Jugend zurückversetzt und sah sich selbst, 24 Jahre alt, mit zwei Koffern in den Zug steigen, verwirrt und voller Zweifel. Wie lange war das her...

Sie rollte ihren Koffer zum erstbesten Taxi, das am Straßenrand wartete. Der Fahrer – ein breitschultriger Mann um die Fünfzig – half ihr, den Koffer in den Kofferraum zu laden.

„Wohin geht's?", fragte er mit rauer, aber freundlicher Stimme.

„Karaburma, bitte", erwiderte Milena und stieg ein. Er nickte kurz, startete den Motor und reihte sich in den dichten Verkehr, hinein in eine Stadt, die Milena zugleich fremd und vertraut erschien.

Kaum hatte der Fahrer den Wagen in Bewegung gesetzt, begann er unaufgefordert zu plaudern:

„Sind Sie gerade aus dem Urlaub zurückgekommen oder leben Sie woanders?"

Milena lächelte. „Ich lebe seit vielen Jahren in Karlsruhe, in Deutschland, bin aber ursprünglich aus Belgrad. Anfang der 80er bin ich weggezogen." Sie machte eine kurze Pause. „Eigentlich komme ich gerade aus Wien – ich hatte dort drei wundervolle Tage."

Der Fahrer zog die Augenbrauen hoch. „Ach, Wien! Schöne Stadt. Ich hab in den 80ern mal in Deutschland gearbeitet, aber nur für ein paar Monate. War nicht so mein Ding, obwohl das Geld ganz gut war." Er zuckte mit den Schultern, bevor er den Blick wieder auf den Verkehr richtete.

„Was hat Sie zurückgebracht?", fragte Milena neugierig.

Einen Augenblick wirkte er verlegen, als habe er sich verplappert. Dann gab er sich einen Ruck. „Wegen meiner Frau. Damals war sie noch gar nicht meine Frau. Ich hab sie besucht, als ich zu Hause in Belgrad war, und mich... na ja, eben verliebt. Danach bin ich nie wieder zurück nach Deutschland."

„Oh, wie romantisch", sagte Milena und lachte leise. „Das ist doch schön. Sie sind also Ihrer Liebe gefolgt."

Er räusperte sich, als sei ihm die Rührung unangenehm. „Tja, das ist lange her", murmelte er und schlängelte sich geschickt durch den Verkehr. „Wir haben dann geheiratet und drei Kinder bekommen. Glücklich ist so eine Sache. Irgendwann gewöhnt man sich an alles, wissen Sie?" Er sagte das in einem Ton, der weder bitter noch euphorisch klang – eher nüchtern, als sei das Leben eben so.

„Aber Sie sind zusammen", erwiderte Milena, und ihre

Stimme hatte einen versonnenen Klang. „Das ist doch etwas Kostbares, selbst wenn es Alltag wird."

Der Taxifahrer nickte, sagte aber nichts dazu. Nach einigen Minuten erreichten sie eine Reihe heruntergekommener, mit Graffitis besprühter Häuserblöcke – typisch für viele Belgrader Viertel, in denen die Zeit scheinbar stehengeblieben war. Hier und da parkten alte Ladas und Zastavas am Straßenrand, deren Lack großflächig abblätterte. Ein grauer, trostloser Bau hinter dem anderen, verdunkelte Fenster, Wäscheleinen auf den Balkonen.

„Da wären wir", sagte der Fahrer und bremste, während es weiter nieselte. Milena bezahlte und rundete den Betrag großzügig auf. Der Taxifahrer schüttelte den Kopf. „Ne, das ist zu viel, Madame. Bitte nicht."

Sie lächelte und hielt ihm das Geld hin. „Es ist nicht nur für Sie. Kaufen Sie Ihrer Frau einen kleinen Strauß Blumen, bevor Sie heute nach Hause kommen. Einfach so, mal ohne Anlass. Sie wird sich freuen."

Er starrte sie einen Moment verblüfft an, dann zog ein zögerliches Lächeln über sein Gesicht. „Vielleicht haben Sie recht. Danke." Er half ihr noch, den Koffer auszuladen, wünschte ihr einen schönen Aufenthalt in Belgrad und fuhr davon, die Scheibenwischer schon wieder auf höchster Stufe.

Milena stand allein in der grauen Gasse, die Häuserwände um sie herum feucht von Regen und Flecken bröckelnden Putzes. Ein schmaler Fußweg führte hangabwärts zu einer entfernten, verheißungsvollen Stelle, wo man vielleicht schon die Donau erahnen konnte. *Das hier war einmal mein Zuhause, dachte sie. Aber fühlt es sich noch so an?*

Sie zog den Mantel enger um sich und machte sich daran, die letzten Meter zu dem Gebäude zu bewältigen, in dem ihre Cousine Ljubica lebte. Der Eingang wirkte wenig einladend: verschrammte Metalltür, geruchsintensives Treppenhaus. Aber Milena spürte dennoch ein Kitzeln im Bauch, als sie den Klingelknopf drückte. Nach zwei Tagen in Wien, nach all den Gefühlen und Wirren, schien dies nun der nächste Schritt in ihrem neuen Kapitel zu sein. Ein Schritt in die Vergangenheit – und vielleicht auch in ihre Zukunft.

Im Flur brummte es leise, und dann hörte sie Schritte. *Nur gut, dass Ljubica weiß, dass ich heute komme,* dachte sie und fühlte, wie ihr Herz klopfte. Zu viel war in letzter Zeit passiert. Sie war nicht mehr dieselbe Frau, die sie noch vor ein paar Tagen gewesen war. Und sie hatte keine Ahnung, wohin das alles führte. Doch als die Tür sich öffnete und sie das vertraute Gesicht ihrer Cousine sah, umspielte ein warmes Lächeln ihre Lippen. Es war gut, hier zu sein – gut, weiterzugehen.

Kapitel 8: Willkommener Frühstart

Milena hatte gerade den metallenen Klingelknopf betätigt, da öffnete sich die Tür auch schon einen Spalt weit. Ihre Cousine Ljubica erschien im Rahmen – in Morgenmantel und zerzausten Haaren, noch schlaftrunken. Einen Moment lang sah sie Milena nur verständnislos an, dann weiteten sich ihre Augen.

„Du verrücktes Ding! Warum hast du mir nicht gesagt, dass du so früh kommst?" Ihre Stimme klang verschlafen und zugleich überglücklich. „Ich hab dich erst am Nachmittag erwartet. Ich dachte, du nimmst den Flieger, der um halb sechs landet!"

Bevor Milena antworten konnte, breitete Ljubica die Arme aus und drückte sie fest an sich. Es war eine dieser Umarmungen, die alle Entfernung und alle verstrichenen Jahre mit einem Schlag aufhoben. Milena spürte die vertraute Wärme, den Duft von Lavendel, den ihre Cousine immer an sich trug.

„Überraschung", sagte Milena leise und lachte. „Ich hab dich vermisst."

„Ich dich auch." Ljubica hielt Milenas Gesicht zwischen ihren Händen und betrachtete sie eingehend. „Mein Gott, du wirkst heute jünger als bei unserem letzten Treffen vor fünf Jahren. Was hast du bloß gemacht?" Sie blinzelte, als könnte sie kaum glauben, was sie sah. „Aber komm rein, komm rein. Draußen ist es kalt und nass, nicht dass du dir noch den Tod holst."

Das war typisch Ljubica: erst ausschimpfen, dann in alle Bemutterung fallen. Milena trat in den engen Hausflur. Der

Geruch von altem Linoleum und Kohleschlacke in der Heizung ließ alte Erinnerungen wachwerden. Sie zog die Schuhe aus, stellte den Koffer ab und ließ den Mantel von den Schultern rutschen.

„Setz dich am besten gleich ins Wohnzimmer", meinte Ljubica, als sie die Wohnungstür hinter ihr schloss. „Da ist die Heizung an. Ich geb dir einen Pullover von mir, du siehst ganz durchgefroren aus."

„Ach nein, wirklich nicht nötig", wehrte Milena ab. Sie klopfte sich die leicht feuchten Haare aus dem Gesicht. „Mein Pulli ist trocken, nur der Mantel hat ein bisschen was abbekommen. Der Regen war nicht so stark."

Ljubica schnalzte mit der Zunge. „Du bist unmöglich! Ich hol dir gleich den Föhn, sonst erkältest du dich noch."

Milena rollte die Augen und grinste. „Du weißt doch, wenn ich mich erkälte, musst du mir Hühnersuppe kochen. So wie damals, als ich noch hier lebte."

Ein amüsiertes Auflachen. „Sieh an, du bist gar nicht so vernünftig, wie du immer tust!" Ljubica huschte kurz in ein anderes Zimmer, während Milena sich ins Wohnzimmer begab. Sie entdeckte einen alten Sessel, in den sie sich sinken ließ. Ein leises Seufzen entfuhr ihr, als der weiche Polster sie aufnahm. *Es riecht nach Zuhause,* dachte sie und spürte, wie die Unruhe der letzten Tage sich für einen Moment löste.

Keine Minute später kam Ljubica mit einem Glas Wasser zurück. „Also gut", sagte sie und schüttelte spielerisch den Kopf.

„Keine Sorge, für dich habe ich nachher noch ganz andere Pläne. Aber zuerst: Kaffee!"

„Sehr gern." Milena lächelte. „Hast du..." Sie stockte kurz, suchte nach dem richtigen Wort. „Hast du Domaća, also türkischen Kaffee?"

„Selbstverständlich! Was denkst du denn von mir?" Ljubica tat empört, zwinkerte dann. „Nescafé kommt mir hier nicht ins Haus."

Gemeinsam gingen sie in die kleine Küche. Überall lagen noch Spuren eines halbfertigen Tagesanfangs: Ein Teller mit Brotkrümeln, eine halbleere Tasse, in der sich ein Teebeutel befand. Ljubica seufzte entschuldigend. „Ich wollte eigentlich noch aufräumen, bevor du kommst. Aber du kamst mir zuvor."

„Lass mich später mit aufräumen", schlug Milena vor. „Ich hab Zeit und außerdem nichts Besseres zu tun."

Ljubica schüttelte den Kopf. „Du bist mein Gast. Du bist doch nicht hier, um zu arbeiten."

Milena hob protestierend die Hände. „Ich fühle mich hier wie zu Hause, und zu Hause ist man kein Gast."

Einen Moment schwiegen beide, dann seufzte Ljubica und wandte sich dem Herd zu. „Na gut. Aber jetzt setzen wir uns erst mal hin und trinken Kaffee."

Sie griff nach einem traditionellen, kupfernen Kaffeekännchen, das auf dem Balkan ‚Džezva' genannt wird. Zuerst brachte sie das Wasser zum Kochen, erst dann gab sie das feingemahlene Bohnenpulver hinein. Der Duft war intensiv und vertraut. Milena schloss kurz die Augen, um ihn in sich aufzunehmen.

Als das Wasser mit dem Kaffee kurz aufwölbte und sich eine helle Schaumkrone bildete, nahm Ljubica die Džezva vom Herd und goss den heißen Kaffee in zwei filigrane, sehr kleine Tassen, die man in Belgrad ‚Fildžans' nennt. Den Zucker stellte sie daneben. Flink schnappte sie sich einen Würfel, tunkte ihn kurz in den heißen Kaffee und führte ihn zum Mund – ihre typische Art, den ersten Schluck zu genießen.

Sie setzten sich an den schmalen Küchentisch, der kaum Platz für zwei Teller bot, und gerade diese enge Vertrautheit wirkte so heimelig. Milena lächelte, während sie die Wärme der Tasse spürte. „Ich habe das so vermisst", sagte sie leise.

Milena rührte nur kurz mit einem Löffel um, verzichtete auf Zucker. Sie lächelte, während sie den ersten Schluck nahm und die Wärme ihren Hals hinunterrann. „Herrlich", sagte sie leise. „So was gibt's in Karlsruhe nicht. Jedenfalls nicht so authentisch."

Ljubica nickte und betrachtete sie über den Tassenrand hinweg. „Ich hatte schon Angst, Wien würde dich ganz vereinnahmen. Ich dachte, du bleibst vielleicht einfach dort hängen und kommst gar nicht mehr her."

„Oh, so schnell lässt sich mein Plan nicht durcheinanderwerfen", meinte Milena. Sie zögerte kurz, dachte an all das, was in Wien passiert war: an die Museen, den Moment mit Viktor, die verwirrenden Gefühle. „Ich habe viel gesehen in diesen drei Tagen. Museen, ein Konzert… war echt spannend."

Ljubica legte den Kopf schräg. „Ein Konzert? Das klingt wunderbar. Hast du… also… hast du auch jemanden kennengelernt?" Ihre Augen funkelten, als ahnte sie mehr, als Milena preisgeben wollte.

„Naja", sagte Milena gedehnt und wich ihrem Blick einen Hauch aus. „Ich hatte ein paar interessante Begegnungen. Wien ist voll von spannenden Menschen."

„Interessante Begegnungen also", wiederholte Ljubica schmunzelnd. „Das musst du mir alles erzählen, aber bitte schön ausführlich!"

Milena lachte, lehnte sich ein Stück zurück. „Vielleicht später. Ich kann nicht alles auf einmal auspacken. Ich weiß ja nicht einmal selbst, was ich davon halten soll."

Sie plauderten, während der Kaffee sie langsam durchwärmte. Das Gespräch drehte sich schließlich um Familie. Ljubica fragte nach Milenas Söhnen – wie es Dušan in München geht, ob Filip in Hamburg noch immer glücklich sei. Milena erzählte ein bisschen, fühlte sich aber in diesem Moment nicht nach großen Details. Zu sehr spürte sie noch die Nachwirkungen ihrer Reise.

Dann fragte Milena neugierig nach Ljubicas Kindern: „Und wie geht es eigentlich Suzana, Kristina und Nikola?"

„Ach, du weißt ja", seufzte Ljubica. „Nikola ist in Kanada, tausende Kilometer weg. Er fühlt sich dort ganz wohl, aber ich vermisse ihn manchmal schrecklich. Suzana ist inzwischen verheiratet und hat vor Kurzem ein Baby bekommen. Sie wohnt am anderen Ende der Stadt, also sehe ich sie auch nicht so oft, wie ich gern würde. Und Kristina lebt in Novi Sad. Sie studiert irgendwas mit Medien und hat ständig Veranstaltungen und Termine."

Milena riss die Augen auf. „Ein Baby? Das hast du mir gar nicht erzählt! Wann ist das passiert? Oh, wie schön – dann bist du jetzt also Großmutter?"

Ljubica zwang sich zu einem Lächeln, das diesmal jedoch etwas wärmer geriet. „Ja, seit ein paar Wochen. Sie heißt Maja, und sie ist meine einzige Freude zurzeit. Manchmal fühle ich mich so einsam, aber dann besuche ich Suzana, und wenn ich meine kleine Enkeltochter im Arm halte, vergesse ich alles andere."

Milena griff nach Ljubicas Hand und drückte sie sanft. „Ich freue mich so für dich. Herzlichen Glückwunsch – das ist ja wunderbar! Ich wusste gar nicht, dass Suzana schon verheiratet ist und jetzt auch noch Mutter. Das klingt alles so unglaublich."

Ljubica atmete erleichtert auf. „Danke, Milena. Es ist wirklich ein Geschenk, auch wenn ich sie nur selten sehe."

„Du hast sie also gut erzogen", sagte Milena mit einem neckischen Unterton. „Oder sie sind dir alle davongelaufen, je nachdem, wie man es sieht."

Ljubica verzog den Mund zu einem müden Lächeln. „Ja, so kann man es sagen. Und..." Sie brach ab, schien nach Worten zu suchen. „Du hast sicher bemerkt, dass Duško nicht da ist."

Milena merkte, wie sich ihr Magen verkrampfte. Sie kannte ihren Cousinenschwarm und seine Stimmung zu gut. „Ist er bei der Arbeit?"

Ljubica senkte den Blick, starrte in ihre Tasse. „Er ist... ausgezogen. Vor vier Wochen. Mit einer anderen Frau, einer Jüngeren, wie ich höre" Ein glitzernder Tränenschleier trat in ihre Augen. „Er hat mir kaum eine Erklärung gegeben. Nur, dass er endlich leben will. Ich... hab das noch nicht richtig verarbeitet."

Milenas Herz zog sich schmerzhaft zusammen. Sie griff nach Ljubicas Hand. „Oh nein, Ljubo... das tut mir so leid. Warum hast du mir nichts gesagt?" Ein Kloß stieg in ihren Hals.

Ljubica zuckte mit den Schultern, rang sich ein schwaches Lächeln ab. „Ich wusste, du bist mit deinen eigenen Dingen beschäftigt. Und ich hab es selbst kaum begreifen können. Aber jetzt bist du da. Und das ist gut..."

Sie weinte nicht laut, aber Milena sah den Schmerz in ihrem Gesicht. Sie legte den Arm um Ljubica, drückte sie an ihre Schulter. „Ich bin für dich da. Wann immer du reden willst."

„Danke." Ljubica atmete zitternd aus. Dann wischte sie sich kurz die Augen, setzte eine fast störrische Miene auf. „Aber lass uns jetzt nicht weiter drüber sprechen, sonst heul ich den ganzen Tag. Wir sollten uns etwas vornehmen. Ich bin doch so froh, dass du da bist."

Auf Milenas Vorschlag, gemeinsam etwas Leichtes zu essen, nickte Ljubica lächelnd. Sie schnippelte einen frischen Salat und briet etwas Hühnchen an, sodass die beiden im Handumdrehen ein einfaches Mittagessen hatten. Währenddessen plauderten sie in einer beinahe vergessenen Vertrautheit über ihre gemeinsame Kindheit in Belgrad – über kleine Streiche und laue Sommerabende, an denen sie einander vor Ärger bewahrten und über heimliche Schwärmereien tuschelten.

Später saßen sie im Wohnzimmer, der Fernseher lief zwar leise im Hintergrund, doch das eigentliche Programm war ihr Gespräch. Die Stunden vergingen rasch, bis Ljubica schließlich aufstand, sich kurz streckte und mit einem freundlichen Lächeln sagte:

„Was hältst du davon, wenn wir heute Abend einfach in die Stadt fahren? Ein bisschen herumschlendern, was essen und vielleicht einen Drink nehmen? Ich hab nichts reserviert, aber in Belgrad findet man immer irgendwo einen Platz."

Milena strahlte. „Das klingt perfekt. Ich freu mich darauf, ein anderes Gesicht der Stadt zu sehen."

Sie wechselten einen Blick voller gegenseitigen Einvernehmens, dann ging Ljubica ins Badezimmer, um sich fertigzumachen. Milena trat an den Balkon und betrachtete die Donau, in der sich das milde Nachmittagslicht spiegelte. Mit einem stillen Seufzen fragte sie sich, wie viele Abende in Belgrad sie schon verpasst hatte – und spürte zugleich die Vorfreude auf das, was der Abend bringen mochte.

Als Ljubica endlich erschien – dezent geschminkt und in einer warmen Jacke – konnte Milena nur lächelnd nicken. „Du siehst gut aus, Ljubo. Ehrlich."

Ljubica winkte ab. „Bloß ein bisschen Puder, sonst sieh ich aus wie ein Geist." Dann hakte sie sich bei Milena ein. „Komm. Ich habe mir überlegt, wir nehmen den Bus in die Stadt. Taxi ist langweilig, da siehst du nichts von den Menschen. Außerdem wird das mal wieder Zeit: eine klassische Belgrad-Busfahrt."

Milena verzog das Gesicht. „Du weißt, ich war nie ein großer Fan der überfüllten Busse... Aber gut, was tut man nicht alles für dich."

Schon an der Haltestelle wurden sie von einer kleinen Menschenmenge empfangen: Männer mit Plastiktüten voll Gemüse, Frauen mit Kinderwagen, Jugendliche mit Kopfhörern. Als der Bus schließlich ankam, quetschten sie sich mit den anderen hinein. Milena musste unwillkürlich lachen, als sie sich an einer Haltestange festhielt. Soviel zum Thema Komfort. Doch unter Ljubicas Kommentaren, die sie halblaut über die Mitfahrenden abgab, verflog jeder Unmut. Es war unglaublich, wie schnell Milena sich wieder an diese chaotische, laute Art des Lebens hier gewöhnen konnte.

Der Bus setzte sich ruckartig in Bewegung, draußen glitten die Häuserwände vorbei, und Milena spürte, wie sich ihr Herz mit Leben füllte. Trotz aller Schwermut, trotz der Wolken über Wien, trotz Viktors rätselhafter Abwesenheit – sie war in Bewegung, in einer Stadt, die sie kannte und doch wieder neu entdecken konnte. *Vielleicht,* dachte sie, während sie den Blick durch die drängenden Köpfe schweifen ließ, *vielleicht ist dies der richtige Ort, um mich selbst wiederzufinden, bevor ich weiterreise.*

Kapitel 9: Ein Abend mit Fragezeichen

Schon beim Aussteigen im Stadtzentrum von Belgrad schlug Milena das Herz höher. Obwohl sie die Stadt kannte, erschien ihr heute alles intensiver: die Menschen, die Stimmen, die Lichter. Gemeinsam mit Ljubica lief sie durch die Knez Mihajlova-Straße, die berühmte Fußgängerzone im Herzen Belgrads. Überall gab es etwas zu sehen: Straßenmusiker, die alte serbische Lieder anstimmten, Touristen, die die Kameras zückten, Jugendliche, die in Gruppen lachten, und Paare, die händchenhaltend durch die Flaniermeile schlenderten.

„Schau mal, wie sich hier kaum etwas verändert hat und doch alles anders wirkt", meinte Milena lächelnd, während sie einem Künstler zusah, der mit bunter Kreide eine Straßenszene auf den Asphalt malte.

„Ja, manche Dinge bleiben so wie sie sind, andere gehen weiter", erwiderte Ljubica. „Es ist gut, dass du jetzt hier bist und das alles mit mir teilst. Ich hätte mich heute Abend alleine wohl nur zu Hause vergraben."

Sie schlenderten weiter und mussten immer wieder anhalten, weil Ljubica Bekannte traf oder Milena etwas entdeckte, das sie an ihre Jugend erinnerte. Hin und wieder rief Ljubica kurze Kommentare zu Passanten, schmunzelte über die Mode, die manche trugen, oder amüsierte sich über laut diskutierende Gruppen. Milena musste lachen: Ihre Cousine war wirklich in ihrem Element.

Schließlich näherten sie sich dem Kalemegdan, der Festungsanlage auf einem Hügel über dem Zusammenfluss von Donau und Save. Anstatt jedoch direkt in den Park einzutreten, bogen sie nach links ab und folgten der Straße Kralja Petra. Eine Reihe alter Häuser, manche sorgfältig renoviert, andere mit abblätterndem Putz, säumten den Weg.

„Weißt du noch, wie wir hier als Teenager rumgehangen haben?", fragte Ljubica lächelnd. „Damals war die Hälfte der Häuser noch total heruntergekommen. Heute ist alles ein bisschen hübscher gemacht, aber der alte Charme ist geblieben."

Milena konnte sich gut daran erinnern, wie sie gemeinsam mit Ljubica und ein paar Freunden durch diese Viertel gestreift war, als Belgrad noch anders aussah – mehr vom sozialistischen Alltag geprägt, weniger modern. Jetzt, als sie die Straße entlanggingen, fiel ihr auf, wie zwischen den grauen Bauten, die sie an jene Zeit erinnerten, plötzlich ein wahres Kleinod aus einer anderen Epoche auftauchte.

Linkerhand stand ein Anwesen, dessen weiß getünchte Fassade und dunkle Fensterrahmen sich markant vom Rest der Gebäude abhoben. Eine knarzende Holztür und eine kleine Terrasse verliehen ihm ein gemütliches Flair – doch anstatt eines Schildes prangte über dem Eingang lediglich ein schlichtes Fragezeichen.

„Da ist es", sagte Ljubica mit leiser, freudiger Stimme. „Die Kafana ‚?'. Das älteste Restaurant in ganz Belgrad."

Milena blieb kurz stehen und betrachtete die Fassade, die so gar nicht in das umliegende Stadtbild passen wollte. Ihr war, als hätte sie einen Zeitsprung gemacht – zurück in jene Tage, als sie hier gesessen und mit Freunden Gelächter und Geheimnisse geteilt hatte. Die Kombination aus weißem Putz und dunklen Holzbalken ließ alles zugleich nostalgisch und lebendig wirken.

„Es ist wirklich, als wäre die Zeit hier stehengeblieben", stellte Milena fest. In ihr stieg ein warmes Gefühl auf – eine Mischung aus vertrauter Erinnerung und dem Zauber, etwas Wiederentdecktes neu zu erleben.

Sie traten ein und wurden von warmem, gedämpftem Licht empfangen. Alte Holztische, grobe Balkendecke, an den Wänden Schwarz-Weiß-Fotografien berühmter serbischer Persönlichkeiten. Ein Kellner in traditioneller Weste trat zu ihnen. „Dobro veče", sagte er freundlich. „Habt ihr reserviert?"

Ljubica sah ihn nur unsicher an, doch bevor sie etwas sagen konnte, lächelte er. „In dreißig Minuten schließt die Küche ihre Wartezeit für neue Bestellungen. Doch falls ihr essen wollt – ich denke, wir können euch noch unterbringen. Ihr habt Glück, dass eben ein Tisch frei wurde."

„Perfekt", meinte Milena und atmete erleichtert auf. So spontan hatte sie nicht damit gerechnet, einen Platz in diesem berühmten Lokal zu bekommen. Ljubica grinste breit. „Ja, richtiges Glück!"

Sie setzten sich an einen schlichten Holztisch in einer Ecke des Gastraums. Die Stühle waren nicht besonders bequem, aber passten perfekt zum rustikalen Charme. Ljubica sah sich mit strahlenden Augen um. „Stell dir vor, Milena: Hier sind schon etliche berühmte Leute gesessen. Und wir sind jetzt einfach mittendrin."

Der Kellner kam wieder, brachte die Speisekarten und fragte nach Getränken. Ljubica bestellte eine Flasche Rotwein. „Das wird ein lustiger Abend", prophezeite sie.

„Wir fangen ja erst an", ergänzte Milena augenzwinkernd und zeigte auf die Gulaschoption in der Karte. „Wie wäre es damit? So ein echtes serbisches Gulasch, passend zu dieser Atmosphäre?"

Ljubica lachte. „Genauso hab ich's mir vorgestellt. Gulasch für uns beide."

Während der Kellner den Wein entkorkte, wanderte Milenas Blick wieder zum Eingang, wo ein hölzernes Schild lediglich das Fragezeichen zeigte. „Sag mal, weißt du eigentlich, warum dieses Restaurant ein Fragezeichen als Namen hat?" fragte sie leise. „Ich meine, das ist doch... ungewöhnlich."

Der Kellner, der ihnen gerade den Wein einschenkte, spitzte die Ohren. „Entschuldigen Sie, dass ich mich einmische. Sie möchten die Geschichte des ‚?' wissen?"

Beide Frauen nickten und lächelten. „Wir sind neugierig", sagte Ljubica. „Erzählen Sie uns doch ein bisschen."

Der Kellner lehnte sich ein wenig nach vorne und senkte die Stimme, als würde er gleich ein altes Geheimnis lüften. Seine Augen leuchteten vor Freude, endlich die Geschichte dieses geschichtsträchtigen Ortes zu erzählen.

„Also, wie es heißt, hat Fürst Miloš Obrenović im Jahr 1823 den Bau dieses Hauses in Auftrag gegeben – und zwar an einen gewissen Naum Ičko, den Sohn von Petar Ičko. Der Petar war ein ziemlich wichtiger Kopf beim Ersten Serbischen Aufstand, ein fähiger Händler und Verhandler, und man sagt, dass er große Verdienste bei der Bildung unserer ersten serbischen Eigenstaatlichkeit hatte.

Anfangs dachte jeder, Naum wäre der Eigentümer dieses Hauses. Man hielt ihn für reich genug, um sich ein solches Anwesen zu leisten. Aber als er 1827 starb, stellte sich heraus, dass sein Vermögen gar nicht so groß gewesen sein konnte. Am Ende kam heraus: Das Haus gehörte eigentlich Fürst Miloš persönlich!

Etwa 1826 verschenkte Miloš das Gebäude dann an seinen Leibarzt, Ećim-Toma Kostić. ‚Hećim' stammt aus dem Türkischen und bedeutet ‚Arzt', und Toma war weitläufig mit der Familie Ičko verwandt. Auf jeden Fall hat dieser Ećim-Toma das Haus kurzerhand in eine Kafana – also eine serbische Gaststätte – verwandelt, die man damals gern ‚Ećim-Tominas Kafana' nannte.

In Reiseberichten aus der ersten Hälfte des 19. Jahrhunderts wird diese Kafana hier ausdrücklich erwähnt. Man schwärmte davon, dass sie eine der wenigen Gaststätten sei, dazu noch eine der schönsten im damaligen Belgrad. Prominente Leute gingen hier ein und aus, zum Beispiel Vuk Karadžić, unser großer Sprachreformer. Man sagt, hier wurde 1834 zum ersten Mal Billard in Belgrad gespielt, und zugleich war es ein Ort, an dem die druckfrischen serbischen Zeitungen gelesen wurden – ein richtiges kulturelles Zentrum also.

Tja, und dieses Lokal wechselte im Lauf der Zeit mehrfach

seinen Besitzer und Namen. Einmal sollte es ‚Kod Saborne Crkve' – also ‚Zur Kathedrale' – heißen. Doch das passte den kirchlichen und staatlichen Autoritäten überhaupt nicht: Sie fanden das eine Beleidigung für die Institution Kirche. Der Wirt stand nun ohne annehmbaren Namen da und wollte keinen Ärger. Darum hat er, ganz im Stillen und doch als Protest, statt eines Wortes nur ein Fragezeichen über der Tür angebracht. Und das", er lächelte und deutete mit dem Daumen nach oben in Richtung Eingang, „bleibt bis heute so."

„Also war das Fragezeichen nur ein Provisorium, das dann beibehalten wurde?" fragte Milena fasziniert.

„Genau", bestätigte der Kellner und hob den Zeigefinger. „Eine Art stummer Protest, der zum Markenzeichen geworden ist. Ihr sitzt also in einer Kafana mit über zwei Jahrhunderten Geschichte. Das ist etwas Besonderes, nicht wahr?"

„Bezaubernd", murmelte Milena und stieß mit Ljubica an, die Wein gläser klirrten sanft gegeneinander.

„Na dann, Živeli", sagte Ljubica leise und sah Milena vielsagend an. „Auf unsere Zeit hier. Und darauf, dass du endlich mal wieder richtig lebst."

Milena nickte, nahm einen Schluck vom Rotwein und spürte den intensiven Geschmack auf ihrer Zunge. In ihrem Kopf wirbelten wieder Bilder auf: Wien, Viktor, seine sanfte Stimme, das Pinke Kleid, die Zweifel. Doch hier, in dieser altehrwürdigen Kafana, fühlte sie sich geerdet und frei zugleich.

„Živeli", erwiderte sie lächelnd. „Wer weiß, vielleicht wird dies ein Abend voller guter Geschichten und … neuer Fragen."

Wenig später brachte der Kellner zwei dampfende Portionen Gulasch, serviert in ausgehöhlten Brotlaiben. Der Duft von langsam geschmorten Zwiebeln und Paprika stieg verlockend auf, während Ljubica und Milena bewundernd über das essbare Gefäß lachten. Behutsam brach Milena ein Stück der knusprigen Brotkruste ab und tunkte es in die würzige Soße.

In der heimeligen Gaststube drangen die Gespräche anderer Gäste wie ein leises Summen an ihr Ohr. Über all dem lag eine sanfte Musik, und durch die alten Mauern hörte man das Prasseln des Regens, der draußen weiter auf die Pflastersteine fiel. Milena ließ sich in die Polsterlehne sinken und atmete tief durch. Ja, sie war wieder zu Hause – in einer Stadt, deren Vergangenheit in jeder Straße spürbar war, und doch erschien ihr dieser Augenblick offener und neuer als je zuvor.

Sie brachen auf, nachdem sie den letzten Bissen Gulasch verputzt und den Wein restlos geleert hatten. Die Nacht war lau und die Straßenlaternen tauchten die Kralja Petra Strasse in ein sanftes, goldenes Licht. Ljubica wollte unbedingt noch einen Drink nehmen – „Nur einen kleinen Absacker", sagte sie und zwinkerte. Milena war zwar schon deutlich gesättigt von Speisen und Eindrücken, konnte jedoch dem Eifer ihrer Cousine nichts entgegensetzen.

Ein paar Gassen weiter erreichten sie die Leposava Bar. Von außen wirkte der Eingang eher unscheinbar, doch sobald man hindurchtrat, befand man sich in einer anderen Welt. Junge, moderne Belgrader saßen an dunklen Holztischen; manche in schlichten T-Shirts, andere in kreativen Outfits. Es lief leise Musik, ein elektronischer Sound mit leichtem Balkan-Einschlag, und die Einrichtung war ungewöhnlich gemütlich: grüne Wände, eine weiße Decke, dazu Stühle in kräftigen Farben, verstreut wie zufällig in dem Raum. Sie entschieden sich, draußen Platz zu nehmen, wo eine kleine Terrasse mit Holzbänken und gestreiften Sitzkissen an der Straße lag.

„Ich muss eine rauchen“, verkündete Ljubica mit entschlossener Miene. „Ich hab’s mir abgewöhnt, jeden Tag zu qualmen. Aber ab und zu, wenn ich mit dir unterwegs bin, darf ich, oder?“

Milena schmunzelte. „Ich bin keine Nichtraucher-Polizei. Ich wundere mich nur, du hast früher ständig geschimpft, ich solle aufhören.“

„Zeiten ändern sich.“ Ljubica kicherte und zündete sich eine Zigarette an. Für einen Sekundenbruchteil lag eine Spur von Melancholie in ihrem Blick, als wüsste sie selbst nicht, ob dieser Zug sie zurück in bessere oder schlimmere Tage befördern würde.

Die Bedienung kam mit den Karten. „Zwei Margaritas“, bestellte Ljubica ohne zu zögern und lächelte Milena verschwörerisch zu. Kaum waren die Cocktails gebracht, stießen sie an, die salzummantelten Glasränder klirrten sacht.

Ljubica nahm einen tiefen Schluck und machte es sich bequem. „Na, dann erzähl mal, Cousinchen. Wie findest du es, wieder hier zu sein? Wie fühlst du dich?“

„Gemischt“, antwortete Milena zögernd. „Es ist schön, bei dir zu sein, in Belgrad zu sein. Aber ich habe gleichzeitig so viele Gedanken im Kopf..."

Ljubica sah sie forschend an. „Magst du darüber reden?"

Milena holte Luft. „Weißt du, mir spukt alles Mögliche durch den Kopf. Aber ich bin hier, und das ist schon mal besser, als allein zu Hause zu hocken."

Einen Moment lang schwiegen sie, nippten an ihren Drinks. Dann betrachtete Milena ihre Cousine. „Sag mal, warum hast du eigentlich deine Schauspielkarriere aufgegeben? Du warst doch richtig gut in diesem Atelje 212 Theater damals. Ich erinnere mich noch an deine Rollen."

Ljubica machte ein bedrücktes Gesicht. „Ach, weißt du ..." Sie tippte die Asche von ihrer Zigarette in einen schlichten Metallaschenbecher. „Als die Kinder kamen, stand ich ständig unter Strom. Duško war oft unterwegs, hat seine Karriere vorangetrieben. Ich hingegen hatte Haushalt, Kinder, tausend Verpflichtungen. Irgendwann blieb keine Zeit mehr für die Bühne. Natürlich bekam ich auch ab und zu Angebote, aber ich konnte sie nie annehmen – wie denn, mit all dem Lärm und den Wäschebergen? Und jetzt ..." Sie lachte kurz und freudlos. „Die Kinder sind aus dem Haus, alles ist ruhiger geworden. Aber ich fühle mich nicht mehr in der Lage, noch einmal auf der Bühne zu stehen. Nach zwanzig Jahren Pause ist man einfach raus. Manchmal vermisse ich diese Welt jedoch so sehr, dass mir das Herz wehtut."

Milena wusste nicht recht, was sie darauf erwidern sollte. Die Aufrichtigkeit in Ljubicas Stimme schnürte ihr die Kehle zu. Es gab keinen leichten Trostspruch. Sie griff einfach nach Ljubicas Hand. „Ich verstehe dich. Wirklich."

Einen Moment lang saßen sie in stummem Einvernehmen, dann räusperte Ljubica sich, als wolle sie die Stimmung heben. „So, genug davon. Erzähl du mir lieber von Wien. Was hast du da angestellt? Du hast eben nur ein paar Andeutungen gemacht."

Milena lächelte, froh über den Themenwechsel. Sie begann von Gabriel zu berichten, dem Philosophieprofessor, der ihr das Buch von Mark Aurel geschenkt hatte. „Ich wusste vorher kaum etwas über den Stoizismus. Aber je mehr ich lese, desto mehr finde ich es... befreiend."

„Habe mal was auf Instagram gesehen: #stoicism. Dabei dachte ich, das ist so ein trendy Ding, weißt du? Aber anscheinend ist da mehr dran, oder?" Ljubica wirkte aufrichtig fasziniert.

Milena nickte. „Ja, es scheint eine Lebensphilosophie zu sein, die mich gerade anspricht. Wie man mit Dingen umgehen soll, die man nicht ändern kann... sehr passend."

Dann erzählte sie von dem Konzert, das sie zufällig entdeckt hatte, vom Probenraum, in dem sie Anna und Viktor kennengelernt hatte, und natürlich von dem pinken Kleid, das sie in Wien gekauft hatte. Ljubica hörte mit offenem Mund zu, während Milena schilderte, wie sie sich in der ersten Reihe wie ein Paradiesvogel unter lauter Schwarzgekleideten gefühlt hatte – halb verlegen, halb stolz.

Doch als Milena ihre Erzählung vom Abend fast beendet hatte, wurde sie plötzlich still. Sie nippte nur an ihrem Margarita und sah versonnen ins Leere.

Ljubica verengte die Augen. „Da ist noch mehr. Was ist nach dem Konzert passiert?"

Milena zog eine Augenbraue hoch. „Nichts... also wirklich, nichts."

„Nichts, hm?" Ljubica grinste breit und beugte sich vor, als wäre sie 18 und kichernd mit ihrer besten Freundin auf einer Teenagerparty. „Komm schon, du musst mir gar nichts vormachen. Ich spüre, dass da etwas war. Hast du etwa jemanden kennengelernt?"

Ein feines Lächeln huschte über Milenas Lippen, während sie den Blick senkte. Ihre Wangen wurden leicht rot. „Du bist unmöglich, Ljubo. Ich hab doch wirklich nichts gemacht!"

Aber Ljubica hatte genug Margaritas getrunken, um richtig ausgelassen zu sein. In ihrem leicht angetrunkenen Zustand hob sie die Stimme ein wenig zu laut. „Gib's doch zu, du hattest ein Abenteuer!"

Einige Gäste der Bar drehten sich um, was Milena noch verlegener machte. „Schrei doch nicht so", flüsterte sie und lachte dann schließlich mit. „Na schön, sagen wir... es war eine interessante Begegnung. Mehr sag ich nicht."

„So, so. Interessant." Ljubica schüttelte spielerisch den Finger in Milenas Richtung. „Mir entgeht nichts. Du kannst mich nicht ewig im Dunkeln lassen, hörst du? Ich will alles wissen – aber gut, ich geb dir noch ein paar Tage." Sie nahm einen tiefen

Schluck von ihrem Cocktail. „Aber glaub nicht, dass du ungeschoren hier abhaust, bevor du mir die komplette Geschichte erzählt hast. Notfalls behalte ich deinen Pass hier."

Milena war gleichzeitig peinlich berührt und amüsiert. Eine angenehme Wärme breitete sich in ihrer Brust aus, nicht nur von den Cocktails, sondern auch von der liebevollen Präsenz ihrer Cousine. „Du bist verrückt", sagte sie nur und stieß mit Ljubica an. „Auf die verrückten Tanten, die wir sind."

Später, als sie das Lokal verließen, hatte sich die Luft ein wenig abgekühlt. Die Frauen kichernden unisono, während sie einen freien Wagen heranwinkten. Der Taxifahrer, ein junger Mann mit markantem, melodischem Einschlag in seiner Stimme, fragte sie auf Serbisch nach ihrem Ziel. Die melodiöse Färbung seines Akzents war unverkennbar montenegrinisch.

„Nach Montenegro, bitte!", rief Ljubica prompt und lachend, noch ganz beschwingt vom Alkohol.

Der Fahrer wirkte kurz irritiert, warf einen schnellen Blick über die Schulter. „Molim…? Wie bitte?"

Milena beugte sich vor. „Entschuldigen Sie, unsere Adresse ist…" Sie nannte ihre Straße mit ruhiger Stimme und kicherte insgeheim, während Ljubica hinten weiter gluckste. „Meine Cousine hatte vielleicht ein, zwei Margaritas zu viel."

Der Fahrer grinste, schüttelte den Kopf. „Ah, kein Problem."

Während der Wagen durch die nächtlichen Straßen rollte, lehnte sich Ljubica an Milena, den Kopf beschwipst und den

Blick auf die Lichter von Belgrad gerichtet. Hin und wieder murmelte sie etwas über alte Zeiten oder kommende Tage, bis ihre Stimme allmählich verklang.

Milena fühlte sich müde, aber glücklich. Die vertraute Wärme der Cousine neben sich, das leise Summen des Motors, draußen die Stadt, die irgendwo zwischen Tradition und Moderne glühte – all das schuf einen Augenblick voller Geborgenheit. Ich bin nicht allein, dachte sie. Und vielleicht habe ich noch alle Zeit der Welt, die nächsten Schritte zu gehen.

Der junge Montenegriner setzte sie schließlich vor Ljubicas Wohnhaus ab. Er entgegnete ihren Dank mit einem breiten Lächeln und wünschte ihnen eine gute Nacht. Als sie im Treppenhaus nach oben stiegen, war Ljubica fast eingeschlafen, stützte sich müde an Milena.

„Hast du gesehen, wie verwirrt er war, als ich sagte: ‚Nach Montenegro'?", kicherte Ljubica.

Milena schloss kichernd die Wohnungstür hinter ihnen. „Ja, das war ein schöner Abschluss dieses Abends."

Sie wussten beide, dass in dieser Nacht noch so einiges an Gedanken und Emotionen in ihnen nachhallen würde. Doch jetzt war erst einmal Ruhe angesagt. Und so endete der Tag – mit Lachen, Verschwisterung und dem Versprechen, dass morgen ein neuer, vielleicht noch aufregender Tag wartete.

Kapitel 10: Der spontane Aufbruch

Am nächsten Morgen wachten sie beide erst spät auf – der Abend zuvor war ausgelassen und spät geworden. Doch als Ljubica und Milena sich zum Frühstück im kleinen Wohnzimmer trafen, spürte man eine andere Stimmung. Die vergangene Nacht steckte in ihren Augen; sie wirkten ein wenig müde, aber zugleich voller Energie. Ljubica hatte Kaffee aufgesetzt und brummte irgendetwas von zu wenig Schlaf, während Milena sich rasch wusch und in frische Kleidung schlüpfte.

„Ich möchte heute zum St. Sava Tempel“, sagte Milena mit ruhiger Stimme, während sie den Kaffee umrührte. „Weißt du, ich war schon so lange nicht mehr dort. Ich habe das Gefühl, ich muss diesen Ort sehen.“

Ljubica hob den Blick. „Dann gehen wir zusammen. Ich war selber ewig nicht mehr drin, obwohl er hier quasi um die Ecke ist. Eine Schande eigentlich.“

Nach dem hastigen Frühstück – Ljubica hatte bloß ein trockenes Brötchen zur Hand und Milena ein wenig Käse dazu – machten sie sich auf den Weg. Der Tempel des Heiligen Sava thronte majestätisch auf einer Anhöhe, eine der größten orthodoxen Kirchen der Welt. Schon von Weitem wirkte die weiße Marmorfassade und die grünliche Kuppel wie ein stiller Riese über der Stadt.

Sie traten durch die schweren Eingangstüren ein. Der Innenraum war heller als Milena sich erinnerte, und noch nicht alle Fresken waren vollständig. Trotzdem vermittelte der halbfertige

Zustand eine eigentümliche Mischung aus Erhabenheit und Unvollkommenheit. Ljubica blieb stehen und verneigte sich kurz. Auch Milena senkte den Kopf und atmete die feierliche Stille ein.

Einen Moment lang standen sie nebeneinander, ohne zu sprechen. Schlichtes Sonnenlicht fiel durch die oberen Fenster, Staubpartikel tanzten in der Luft. Irgendwo hinter einer Wand waren Handwerker zu hören, die an weiteren Verzierungen arbeiteten. Es wirkte, als würde sich das Gotteshaus ständig wandeln und zugleich seine Ewigkeit bewahren.

„Manchmal“, flüsterte Ljubica, „wünschte ich, ich könnte eine Zeit lang einfach verschwinden, mich in einer Ecke zurückziehen und abwarten, bis... bis alles besser wird.“ Sie schluckte. Ihre Gedanken kreisten offenbar um Duško und ihre zerbrochene Ehe. „In dieser Stadt zu sein, ist gerade so schwer. Überall Erinnerungen.“

Milena legte sachte ihre Hand auf Ljubicas Arm. „Ich verstehe. Deshalb dachte ich... Was wäre, wenn wir einfach zusammen wegfahren? Für ein paar Tage. Oder länger. Wenn du willst. Lass uns was anderes sehen, an einem anderen Ort. Vielleicht tut dir das gut.“

Ljubica wirkte überrascht. „Wohin denn? Es ist Herbst, ans Meer lohnt sich doch kaum, da kann man nicht mal wirklich schwimmen.“ Sie zuckte die Achseln. „Außerdem habe ich im Moment nicht gerade Lust, nur in einer Touristenstadt herumzuhängen.“

Milena sah sie einen Augenblick an, dann flüsterte sie: „Weißt du, es gibt doch diese alten Klöster, in denen man für ein paar Tage ganz zur Ruhe kommen kann. Mir fällt da sofort der Manastir Mileševa ein. Er ist in wunderschöner Natur gelegen, und ich hab gehört, dass man inzwischen auch als Gast dort übernachten darf. Vielleicht wäre das ein Ort, um dich – und mich – ein bisschen zu ordnen, zu sammeln."

Ljubica blieb kurz stumm, und ihre Augen hafteten an den Ikonen in einer der Seitenkapellen. „Ein Kloster…", murmelte sie. „Klingt erst mal seltsam, aber… vielleicht ist es gar nicht so dumm." Sie nahm einen tiefen Atemzug. „Ich bin nicht gläubig im Sinne von praktizierend, aber ich weiß, dass solche Orte oft eine besondere Ruhe ausstrahlen."

„Genau das meine ich", sagte Milena. „Manchmal ist es nicht wichtig, wie streng man an etwas glaubt, sondern einfach, wie ein Ort auf dich wirkt. Wir könnten uns neue Kraft holen."

Ljubica nickte schließlich, ein vages Lächeln umspielte ihre Lippen. „Gut, von mir aus. Aber wir müssen ja nicht sofort…"

Doch kaum waren sie aus der Kirche getreten und begannen ihren Weg nach Hause, schmiedeten sie bereits Pläne: Anruf im Kloster, eventuell morgen losfahren, vielleicht übermorgen? Aber als sie in Ljubicas Wohnung ankamen und telefonisch nach einer Übernachtungsmöglichkeit fragten, schien alles noch spontaner zu werden.

„Die sagen, wir könnten sogar heute Abend noch kommen!", rief Ljubica mit halb unterdrücktem Lachen, nachdem sie den Hörer aufgelegt hatte. „Wir müssen aber in spätestens zwei Stunden los, sonst wird es zu spät. Das ist eine ganz schöne Strecke…"

Milena riss die Augen auf. „Heute noch? Bist du verrückt? Wir haben kein einziges Brot und kaum gepackt!“

„Macht nichts, wir nehmen einfach alles mit, was wir brauchen“, sagte Ljubica entschlossen. „Wir können unterwegs essen. Wenn wir jetzt zögern, werden wir es nie schaffen.“ Ihre Augen blitzten vor Eifer. „Wir beide wollen gehen – also lass uns gehen!“

Während Milena ihren bereits gepackten Koffer bereitlegte, wirbelte Ljubica durch die Wohnung, stopfte Kleidungsstücke, ein paar Kosmetikartikel und ein paar Unterlagen in einen mittelgroßen Koffer. „Wir holen uns eine Portion Ćevapčići oder Pljeskavica auf dem Weg“, rief sie aus dem Schlafzimmer. „Wir werden schon nicht verhungern.“

Keine halbe Stunde später standen sie bereits unten auf der Straße vor dem Wohnhaus. Milena zog ihren Rollkoffer hinter sich her und blickte sich fragend um. „Wo steht denn dein Auto?“, fragte sie mit einem leisen Unbehagen. In Ljubicas Tatendrang hatte sie an alles Mögliche gedacht, nur nicht an die Frage, ob Ljubica wirklich ein fahrtüchtiges Auto besaß.

„Na hier!“ Ljubica deutete auf ein kleines, weißes Vehikel, das eindeutig bessere Tage gesehen hatte. Die Farbe war an vielen Stellen abgeblättert, Spuren von Rost schmückten die Kotflügel. Das Logo – eine Zastava, Baujahr gefühlte Steinzeit. Milena schnappte nach Luft.

„Sag mal, du spinnst! Das ist ein Fićo aus den Achtzigern. Glaubst du wirklich, wir kommen damit über die Stadtgrenze, geschweige denn fünf Stunden weit?“

Ljubica stemmte die Hände in die Hüften. „Jetzt wirst du wohl nicht beleidigend, ja? Dieses Auto dient mir seit Ewigkeiten und hat mich noch nie im Stich gelassen. Vertraue mir, es bringt uns schon hin, wenn wir ihm gut zureden."

Milena spürte, wie ihr Herz schneller schlug. „Oh Gott ... wir könnten doch wirklich einen Leihwagen nehmen. Das wäre bestimmt sicherer als ..."

Doch Ljubica war schon dabei, die vordere Haube zu öffnen, unter der sich ein winziger Kofferraum befand. Sie stopfte das Gepäck hinein. „Keine Widerrede. Rein mit dir, wir haben keine Zeit!"

Widerwillig setzte sich Milena auf den Beifahrersitz. Im Innern roch es nach altem Leder und Benzin, und eine ganze Reihe kleiner Maskottchen baumelte am Rückspiegel. Das Armaturenbrett war von Rissen durchzogen, und das Radio sah aus, als stamme es aus einem Technikmuseum.

Ljubica drehte den Schlüssel. Nichts. Sie versuchte es noch einmal. Ein kurzes Röcheln des Motors. Dann schlug sie mit der flachen Hand aufs Armaturenbrett und zischte: „Na los!"

Zu Milenas Erstaunen sprang der kleine Motor tatsächlich an, wenn auch heiser und stotternd. Gleichzeitig erwachte das Radio zum Leben – ein Kratzen und Knistern, gefolgt von einer alten Jugoslawien-Hymne: „Hajdemo u planine" (auf Deutsch: „Lasst uns in die Berge gehen") von Bijelo Dugme. Als die ersten Takte erklangen, brach Ljubica in lautes Jauchzen aus.

„Ich glaub es nicht... ausgerechnet dieses Lied!", rief sie und begann mitzusingen, lauter als nötig. Trotz ihrer Sorgen konnte Milena nicht anders, als mitzustimmen. Eine Welle an Nostalgie überfiel sie – Jugoslawien in den 80ern, ihre Jugend, ihre Träume.

Der Motor röhrte einmal auf, und das klapprige Auto setzte sich tatsächlich in Bewegung. „Siehst du?“, sagte Ljubica triumphierend. „Wir schaffen das! Mileševa, wir kommen!“

Milena seufzte, halb belustigt, halb ängstlich, und blickte aus dem Fenster. Die Straßen Belgrads zogen vorbei, während draußen die Sonne schien und drinnen alte Erinnerungen an eine andere Zeit lebendig wurden. *Vielleicht,* dachte sie, *sollte ich an diesem Punkt einfach loslassen und vertrauen.*

Die Musik schwoll an, und Ljubica gab Gas, so gut es der kleine Fićo zuließ. Inmitten des klappernden Sounds lachten sie beide – mal unsicher, mal voller Vorfreude. Sie waren unterwegs, spontan, ohne Plan, in einem alten Zastava, begleitet von Retro-Hits und viel Optimismus. Und Milena spürte, dass in der Verrücktheit dieser Stunde vielleicht genau das lag, was sie alle brauchten: eine Auszeit vom Alltag, eine Reise ins Ungewisse, auf der Suche nach Ruhe – und vielleicht auch ein wenig nach sich selbst.

Kapitel 11: Auf vier klapprigen Rädern

Die Straße hinter Belgrad zog sich scheinbar endlos in die hügelige Landschaft. Ljubica steuerte den Oldtimer, der schnaufte und ächzte, als hätte er schon ein ganzes Jahrhundert im Dienste seiner Besitzer verbracht. Milena saß daneben, die Augen mal erschrocken, mal amüsiert, während das Radio eine Mischung aus jugoslawischen Oldies und Rauschen sendete.

„Wenn wir erst einmal bei Čačak sind, können wir ein bisschen durchatmen", meinte Ljubica, ließ jedoch etwas zu stark vom Gaspedal ab, sodass das Auto beunruhigend ruckelte.

„Aha, durchatmen", spottete Milena leicht. „So wie sich das Auto anhört, bin ich froh, wenn wir überhaupt irgendwo ankommen."

Trotz aller Skepsis schlängelten sie sich durch die Serbische Herbstlandschaft. Das Blattwerk an den Bäumen erstrahlte in warmen Gelb-, Orange- und Rottönen, und je weiter sie fuhren, desto reizvoller wurden die Berge. Ab und zu fiel Milena ins Schwärmen: „Schau nur diese Farben... Als hätte jemand den ganzen Wald in ein Gemälde getaucht!"

Ljubica grinste. „Dass du überhaupt noch Romantik empfindest, wo wir hier gerade in diesem rostigen Fićo sitzen! Aber ja, es ist wunderbar."

Nach einer Weile passierten sie Čačak. Hier gab es etwas mehr Verkehr, doch schon bald führte die Landstraße sie hinein in die bergige Region um Užice. Die Straßen wurden schmaler, das Auto hatte öfters Mühe, die Steigungen zu bewältigen. Milena hatte schon mehrfach Angst, dass die alte Kiste einfach schlappmachen würde.

Und dann – kurz vor Užice – machte es *wupp* und der Motor gab endgültig seinen Geist auf.

„Was war das?", fragte Milena, in deren Stimme Panik mitschwang.

„Ich hab keine Ahnung", gab Ljubica zu, während sie versuchte, noch den Wagen über den Fahrbahnrand zu steuern. Doch das Auto rollte immer langsamer. „Verdammter Mist…"

Als sie zum Stehen kamen, stiegen beide aus und liefen um das Auto herum. „Du weißt schon, dass der Motor hinten ist, oder?", fragte Milena skeptisch.

Ljubica seufzte. „Halt die Klappe!"

Sie öffnete die Heckklappe. Ein warmer Geruch aus Öl und Metall schlug ihnen entgegen. Milena zuckte zurück. „Ich hab wirklich keine Ahnung von Autos", sagte sie. „Und du offenbar auch nicht."

„Du hast es erfasst", murmelte Ljubica. Einen Moment standen sie ratlos da, bis Ljubica seufzend den Kofferraum zuknallte. „Na schön, wir können ja mal schieben, bis wir einen Mechaniker finden."

„Ich soll schieben?" Milena riss die Augen auf. „Wir sind mitten im Nirgendwo!"

Doch es half nichts. Milena übernahm den Platz außerhalb, Ljubica setzte sich ans Steuer, und so begann eine merkwürdige Prozession: Der winzige, verrostete Zastava rollte langsam, angetrieben von Milenas durchaus kräftigem Anschub. Immer wieder rief Ljubica aus dem Fenster: „Alles klar da hinten?“

„Du, wenn’s so weitergeht, hab ich morgen Arme wie Popeye!“, stöhnte Milena. Ihr Gesicht nahm einen zunehmend schwarz-öligen Schimmer an, da sie sich unbedarft öfters ans Gesicht fasste.

Nach einer guten Viertelstunde kamen sie endlich in die Nähe von Užice. Völlig verschwitzt und frustriert ließ Milena kurz das Auto los. „Hallo, ich kann nicht mehr!“ Sie beugte sich vor, atmete tief durch.

Gerade, als sie wieder ansetzen wollte, hörten sie ein lautes Motorengeräusch von hinten. Ein LKW hielt hinter ihnen an. Aus der Fahrerkabine stieg eine eindrucksvoll kräftige Frau mittleren Alters. Kurzes Haar, verschmierte Jeans, muskulöse Arme – sie wirkte, als könne sie den LKW auch ohne Motor einfach allein schieben.

„Zdravo, braucht ihr Hilfe?“, fragte sie in einem Tonfall, der zwar rau klang, aber freundlich genug.

„Oh ja, bitte!“ Ljubica stieg aus und winkte. „Unser Auto springt nicht mehr an. Wir wissen nicht weiter, wir sind... naja... total hilflos.“

Die Frau nickte und ging sofort nach hinten zum Motor. Während sie mit kundigen Fingern ein paar Kabel betrachtete, stellte sie sich vor: „Ich bin Mara."

Milena stand daneben, immer noch mit schwarzen Schmierflecken auf dem Gesicht. „Wir sind Ljubica und Milena. Und... naja, sehen Sie ja, wir haben einen ‚Fićo'."

Mara grinste. „Das seh ich. Die Kiste ist Kult, aber auch... naja, launisch. Wartet mal..." Sie beugte sich hinunter, griff an ein lose herabhängendes Kabel, stöpselte es wieder in einen kleinen Anschluss und drehte es kurz fest. „Da, das war wohl alles. Probiert mal zu starten."

Ungläubig kletterte Ljubica ins Auto, drehte den Zündschlüssel – und der Zastava erwachte röhrend zum Leben. Milena schlug die Hände vor ihr schmierig geschwärztes Gesicht und lachte erleichtert. „Das darf doch nicht wahr sein!"

Ljubica sprang jubelnd aus dem Auto, umarmte Mara spontan. „Du bist unsere Heldin! Wie können wir dir danken?"

Mara blinzelte kurz überrascht, genoss dann aber die überschwängliche Dankbarkeit. „So kompliziert war das nicht. Aber wenn ihr wollt, können wir irgendwo einen Kaffee trinken gehen. Hier in der Nähe gibt's ein Restaurant. "Eher rustikal, aber guter Kaffee."

Keine zehn Minuten später saßen sie an einem einfachen Holztisch in eben jenem Restaurant. Mara, Ljubica und Milena bestellten Kaffee und dazu eine kleine Käse- und Wurstplatte mit Gemüse – mehr aus Höflichkeit denn aus Hunger. Milena spürte immer noch, wie ihre Arme schmerzten vom Schieben.

„Bist du schon immer Truckerin?", erkundigte sich Milena, während sie ihren Kaffee umrührte.

Mara nickte. „Ich bin jetzt Mitte vierzig und fahre seit zwei Jahrzehnten. Ist nicht ganz üblich bei uns, aber... hat mir immer gefallen, frei zu sein. Die Familie war anfangs wenig begeistert – wollten, dass ich heirate, Kinder kriege. Aber das war nie mein Ding. Ich hab's durchgezogen und bereue es nicht. Freiheit ist mir wichtiger als alles andere."

Ljubica lächelte verständnisvoll. „Ich weiß, wie das ist, wenn die Familie einen Weg für dich vorsieht und du ganz was anderes willst. Hut ab, dass du's geschafft hast."

Mara zuckte die Schultern. „Ist nicht immer einfach, aber man wächst daran. Und ihr? Wo wollt ihr hin mit eurem kleinen Oldtimer?"

„Zum Kloster Mileševo", antwortete Ljubica. „Wir wollen ein bisschen raus, abschalten, überlegen, wie's weitergeht. Und wir haben nur dieses Auto", fügte sie mit einem selbstironischen Lachen hinzu. „Macht man eben, was man kann."

Mara zog die Augenbrauen hoch. „Na, da habt ihr euch was vorgenommen. Ihr müsst über den Zlatibor. Bergig, Serpentinen, manchmal Schnee, Regen... Und das in einem Fićo." Sie grinste halbernst. „Falls euch der Motor nochmal absäuft, hier – ich zeig euch, wie das Kabel festzumachen ist."

Sie führte Ljubica eine kleine Skizze auf einer Serviette vor, während Milena neugierig zuhörte. Ljubica machte große Augen, „Aha, so einfach also. Ich hoffe nur, es gibt nicht noch mehr lose Kabel…“

Kurz darauf trennten sie sich. Mara musste weiter, sie hatte eine Lieferung in Montenegro, wie sie sagte. Sie wünschte ihnen viel Glück und stieg wieder in ihren LKW. Milena und Ljubica blieben noch für eine Weile sitzen, tranken ihre Tassen leer und gingen schließlich selbst los.

Ein Blick auf den alten Zastava genügte, um Milenas Herzflattern zurückzubringen. Ljubica legte ihr die Hand auf die Schulter. „Wir schaffen das. Hast du nicht gesehen, es war nur ein Kabel? Wir wissen doch jetzt, was zu tun ist.“

„Ja…“, Milena lachte unsicher. „Dann los. Zum Kloster.“

Kurz hinter Užice begann die Straße steil anzusteigen. Der Zlatibor ragte vor ihnen auf, in warmen Herbstfarben getaucht, doch dem alten Fićo schien das wenig zu helfen. Der Motor keuchte, Ljubica musste in den ersten Gang schalten, und teilweise krochen sie nur mit 20 km/h den Berg hoch.

„Hajde!“, rief Ljubica immer wieder und klopfte energisch aufs Lenkrad. „Na los, du schaffst das!“

Auch Milena feuerte das Fahrzeug an, so als würde es davon wirklich schneller werden. „Ein bisschen musst du schon wollen, du rostige Dose!“, rief sie.

Manchmal trudelte ein moderner SUV oder ein Reisebus an ihnen vorbei, worauf sie nur seufzen konnten. Doch je höher sie kamen, desto berauschender war die Aussicht: Wälder in warmen Rottönen, tiefe Täler, in denen Nebelschwaden hingen, und ein Himmel, der zum Greifen nah wirkte.

Wenn ein besonders steiler Abschnitt geschafft war, klatschten sie vor Freude in die Hände und brachen in Gelächter aus. „Wir sind wahnsinnig!“, rief Ljubica. „Was machen wir hier?“

„Genau das, was wir brauchen!“, jubelte Milena zurück, obwohl ihr der Schweiß auf die Stirn trat.

Als sie endlich über den höchsten Punkt hinweg waren und es bergab ging, atmeten sie erleichtert auf. Das Auto rollte jetzt fast von allein. Ljubica nahm den Fuß vom Gas und sie glitten wie auf einer Rodelbahn Richtung Tal. Beide kreischten halb vor Angst, halb vor Entzücken.

„Vorsicht, nur nicht zu schnell!“, warnte Milena.

Ljubica lachte: „Keine Sorge, wir sind eh nicht so schnell. Der Fićo hat seine Grenzen.“

Nach einer gefühlten Ewigkeit der Serpentinen erreichten sie wieder flachere Regionen. Die Sonne neigte sich bereits, und die Straßen waren von rotgoldenem Licht getränkt. Sie passierten kleine Ortschaften wie Nova Varoš, fuhren um den Zlatar-Berg herum und erreichten schließlich Prijepolje. Von dort waren es nur noch ein paar Kilometer bis zum Manastir Mileševa.

Die Abenddämmerung hatte eingesetzt, als sie in die einsame Gegend um das Kloster einbogen. Hohe Bäume säumten die schmale Straße. Die klare Luft roch nach Holzfeuer und feuchter Erde. Irgendwann tauchten erste Hinweisschilder auf:

„Милешева 3 km".

Beide Frauen atmeten auf, als sie endlich einen Blick auf das Kloster erhaschten. Ein liebevoll gestaltetes Areal, umgeben von einer Steinmauer. Man sah mehrere Gebäude: die Kirche selbst, mehrere Nebengebäude für die Nonnen und Pilger, und das Gästehaus, den Konak. Im Hintergrund rauschende Wälder und leise plätschernd der Fluss Mileševka, der sich seinen Weg durch die Berge bahnte.

„Ich bin fix und fertig", stöhnte Milena, als sie den Wagen unter einem schattigen Baum abstellten. „Wieso hab ich das Gefühl, wir sind den ganzen Weg gelaufen?"

„Weil wir mental sicher mehr Energie verbraucht haben als jede Fahrt je gebraucht hätte", antwortete Ljubica lachend. „Aber wir sind da!"

Sie stiegen aus, spürten die frische Abendluft im Gesicht. Es war ein wunderbarer Anblick: Das Kloster leuchtete in den letzten Sonnenstrahlen, umgeben von den rotgoldenen Blättern der herbstlichen Bäume. Ein kleiner Pfad führte zum Eingangsportal. Dort begrüßte sie eine Nonne, in schlichtem schwarzem Gewand, mit einem ruhigen und freundlichen Lächeln.

„Guten Abend", sagte sie mit sanfter Stimme. „Ihr müsst Milena und Ljubica sein? Wir haben euch erwartet. Willkommen in Mileševo."

Sie verneigten sich kurz, während sie noch den Kofferraum leerten. Tatsächlich atmeten sie beide jetzt tiefer, fast ehrfurchtsvoll. Hinter dem Kloster erstreckte sich eine hügelige Landschaft, durch die sich der kleine Fluss Mileševka schlängelte.

Milena sah sich um. Die mühsame Autofahrt erschien in diesem Moment fast wie ein ferner Traum. Die Ruhe war greifbar, die Luft rein, und die bunten Blätter raschelten sanft im Wind, als wollten sie die Neuankömmlinge willkommen heißen.

„Kommt, ich zeige euch den Konak", sagte die Nonne und deutete auf eines der Seitengebäude. „Ihr könnt dort euer Gepäck abstellen und euch frisch machen. Dann steht euch das ganze Klostergelände offen."

Ljubica und Milena folgten ihr wortlos, beinahe ehrfürchtig. Ihr Herz war noch erfüllt von der Aufregung der Reise, doch sie spürten, dass dieser Ort etwas Besonderes in sich trug – eine Kraft, die sie willkommen heißen und ihnen Ruhe geben könnte.

Und so begann ihr Aufenthalt in Mileševo. Die herbstliche Stille umfasste sie wie ein warmer Mantel, und tief in ihren Herzen wussten sie beide: Sie waren angekommen, zumindest für diesen Moment – an einem Ort, der sie vielleicht einen Schritt näher zu sich selbst führen würde.

Kapitel 12: Erste Begegnungen im Konak

Als der Morgen in Mileševo dämmerte, lag eine zarte Kühle in der Luft. Die Berge um das Kloster funkelten im ersten Morgenlicht, während der Fluss Mileševka im Tal ein leises Murmeln von sich gab. Milena und Ljubica hatten eine ruhige Nacht im einfachen Gästezimmer des Konaks verbracht und traten nun vor die Tür. Die anstrengende Reise steckte ihnen noch in den Knochen, aber der klare Morgen wirkte erfrischend.

Ehe sie sich versahen, kam ein ruhiger Mann mittleren Alters mit Mönchskutte den Kiesweg entlang. Er lächelte, als er auf die beiden zuging.

„Guten Morgen. Ich bin Vater Simeon. Schön, dass ihr gut angekommen seid."

Ljubica und Milena stellten sich vor und spürten sofort die Wärme, die Simeon ausstrahlte. Er machte eine einladende Geste.

„Wenn ihr mögt, könnt ihr mir folgen. Im Konak haben wir noch andere Gäste, und wir bereiten dort etwas Tee und ein kleines Frühstück vor."

Hier bin ich also, dachte Milena, während sie ihm hinterherging, *vielleicht finde ich in diesem friedlichen Ort endlich ein bisschen Klarheit.*

Das Konak, in dem sie untergekommen waren, war ein beeindruckender Bau aus dem 19. Jahrhundert, der jedoch im Laufe der Zeit behutsam renoviert und erweitert worden war. Trotz der moderneren Anbauten hatte man großen Wert darauf gelegt, den ursprünglichen Stil zu bewahren: Die weiß getünchten Mauern schimmerten im Morgensonnenlicht, während ein Kranz aus roten Dachziegeln die Fassade krönte. Im Erdgeschoss zog sich eine Reihe anmutiger Arkaden entlang, hinter denen sich ein schattiger Gang erstreckte. Darüber ragte ein hölzerner Balkon, der sich in die Länge zog und von filigran geschnitzten Balken getragen wurde. Überall waren Blumenkästen angebracht, aus denen leuchtend rote und violette Geranien hervorsprossten und dem Gebäude einen einladenden Charme verliehen.

Zwischen den beiden Gebäudeflügeln öffnete sich ein grüner Innenhof. Ein kurzer, gepflasterter Weg führte zu einem schweren Holztor, das mit kunstvoll verzierten Eisenbeschlägen versehen war. Einige schlanke Laternen mit schwarzem Metallguss säumten den Weg, und in den Blumenbeeten blühten Ringelblumen, Petunien und Rosenstöcke. Milena und Ljubica staunten, wie liebevoll und gepflegt die Anlage wirkte – beinahe so, als sei sie einem alten Gemälde entsprungen.

Innen umfing sie eine gemütliche Atmosphäre: ein niedriger Raum mit Holzmöbeln, eine kleine Ecke, in der bereits Samowar und Teekannen standen. An einer Tafel mit kargen, aber liebevoll angerichteten Speisen entdeckten sie ein anderes Paar, das sich gerade umblickte.

Der Mann mit dunklem Haar und Brille wirkte ein wenig angespannt; an seiner Seite stand eine blonde Frau in sportlichem

Outfit, die gerade mit ihm leise diskutierte. Als sie Milena und Ljubica hereinkommen sahen, hoben sie freundliche Augenbrauen und lächelten.

„Guten Morgen“, sagte die blonde Frau auf Englisch und machte eine einladende Handbewegung. „Bitte, gesellt euch zu uns.“

Vater Simeon wartete, bis alle beisammen waren, dann deutete er auf die beiden Fremden. „Das sind Peter und...“ Er hielt kurz inne, sichtlich überrascht, als Peter sich direkt in flüssigem Serbisch an ihn wandte.

„Ja, Entschuldigung“, sagte Peter mit leichtem Akzent und wandte sich an Milena und Ljubica. „Ich bin Peter, halb Serbe. Meine Mutter kommt von hier, ich bin in den Staaten aufgewachsen. Und das hier ist Emily.“

„Freut mich. Ich bin Ljubica, das ist meine Cousine Milena“, stellte Ljubica sie beide vor. „Wir kommen aus Belgrad, na ja, über Umwege. Haben eben erst die Anreise hinter uns gebracht.“

Peter lächelte verlegen. „Ah, ihr wart in Belgrad? Wir sind direkt aus Montenegro hierher, haben vorher ein paar Klöster an der Küste besucht, aber Serbien kannte ich bisher kaum. Freut mich, euch kennenzulernen.“

„Du sprichst sehr gut Serbisch“, lobte Milena neugierig.

„Ach, danke. Ich bemühe mich. Zu Hause in den USA hab ich’s nur selten gebraucht.“

Emily nickte, schien aber das Gesagte nicht vollständig zu begreifen. Sobald sie hörte, dass Milena und Ljubica aus Belgrad kämen, leuchteten ihre Augen auf. „Oh, Belgrad! Ich wollte da schon immer mal hin. Könnt ihr mir ein bisschen darüber erzählen? Wir haben bisher vor allem Zeit in Montenegro verbracht. Vielleicht schaffe ich es ja, Peter davon zu überzeugen, nächstes Jahr mit mir hinzufahren!"

Ljubica lachte. „Klar! Belgrad hat unglaublich viel zu bieten, aber es kommt auch darauf an, was du suchst. Willst du vor allem Kultur und Geschichte erkunden, oder eher Aktivitäten und Nightlife? Dort ist wirklich für jeden Geschmack etwas dabei."

Emily strahlte. „Ehrlich gesagt, ich habe schon einiges über das Nightlife gehört. Und das soll sehr spannend sein..."

Ljubica grinste breit. „Was immer du gehört hast – es stimmt wahrscheinlich. Aber es ist schwer zu beschreiben, man muss es erlebt haben. Also, wenn ihr wirklich mal hinkommt, sagt mir Bescheid! Dann machen wir Belgrad gemeinsam ein bisschen unsicher und ich zeige euch ein paar Ecken."

Milena schmunzelte. „Oh, glaubt mir, da seid ihr wirklich in guten Händen. Sie kennt sich bestens aus mit den Clubs und Bars. Ich hab immer noch einen kleinen Kater von vorgestern."

Ljubica nickte theatralisch. „Glaub mir, Belgrad ist nichts für Schwache. Aber dafür ist es unvergesslich."

Sie alle lachten, und Peter blickte neugierig zu Milena. „Und du? Woher kommst du eigentlich?"

„Ich wohne in Karlsruhe, aber ich bin auf dem Weg hierher über Wien gereist und habe dort auch ein paar Tage verbracht …"

Als die Gruppe sich zum Tisch setzte, schenkte Vater Simeon Tee ein. Auf dem Tisch standen ein paar Schälchen mit Honig, Brot und Käse. Milena begann, ein wenig von Wien zu erzählen, da sie kürzlich dort gewesen war. Peter und Emily lauschten mit Neugier.

„Wien soll wunderschön sein", meinte Peter. „Irgendwann möchte ich dahin, vielleicht wenn wir wieder in Europa sind."

„Ihr würdet es mögen", sagte Milena lächelnd. „Die Cafés, die Musik, die alte Architektur… Ich war selbst nur kurz dort, aber es hat mich sehr beeindruckt."

Ljubica, die sonst gerne alle Aufmerksamkeit auf sich zog, hielt sich zurück. Sie genoss still den Tee, während Milena weiter ein paar Tipps gab. Die Stimmung war höflich und vorsichtig; man merkte, jeder tastete sich erst an den anderen heran.

In einer kleinen Gesprächspause bemerkte Peter plötzlich, wie nervös er seine Finger auf der Tischplatte trommelte. Er hielt inne, lachte kurz und wandte sich an Vater Simeon. „Entschuldigen Sie… ich bin manchmal ein bisschen rastlos. Ich hab immer das Gefühl, irgendetwas tun zu müssen, besser zu werden, erfolgreicher. Dabei komme ich gar nicht richtig zur Ruhe."

Vater Simeon betrachtete ihn aus ruhigen Augen. „Und du glaubst, dass alle Menschen diesen Druck haben?"

Peter zuckte die Schultern. „Bei uns ist das so. Meine Kollegen in den USA leben nach dem Motto: Wer rastet, der rostet."

„So habe ich auch mal gedacht", flüsterte Ljubica mit gesenktem Blick. „Aber ich frage mich, wohin das führt. Immer noch besser, schneller, reicher – am Ende ist man erschöpft. Man verpasst viel."

Peter runzelte leicht die Stirn. „Hmh, ja... aber was ist die Alternative? Alles liegen lassen?"

Ein leises Schmunzeln glitt über Simeons Gesicht. „Es gibt kein Gesetz, das vorschreibt, stets mehr zu wollen. Manchmal, wenn der innere Druck zu groß wird, liegt die Antwort in einer ganz simplen Frage: Kannst du dir selber verzeihen, wenn du nicht all das erreichst, was du dir vorgenommen hast?"

Peter blickte ihn an. „Aber ist es nicht Gott, der mir vergibt? Wir sagen doch immer: Gott vergibt uns unsere Sünden und unsere Fehler. Was hat das mit mir selbst zu tun?"

Ein warmes Leuchten erschien in Simeons Augen. „Gott vergibt, ja. Doch begreife: Gott ist in dir. Er war es immer und wird es immer sein. Jeder Schmerz, den du spürst, ist auch sein Schmerz, jede Angst auch seine Angst. Jede Sehnsucht und jeder Wunsch... gehören ebenso zum göttlichen Funken in dir. Und auch die Vergebung kommt von innen, vom Gott in dir. Nur wenn du selbst zulässt, dass du dich annehmen darfst – mit deinen Unzulänglichkeiten und Zweifeln –, kann sich diese göttliche Vergebung entfalten."

Gott in mir?, wunderte sich Milena in diesem Augenblick,

vielleicht habe ich die ganze Zeit an der falschen Stelle gesucht.

Eine nachdenkliche Stille folgte. Peter sah aus, als arbeite er innerlich an den Worten. Ljubica und Milena wechselten einen kurzen Blick. Milena war tief beeindruckt von diesem Gedanken – sie hatte noch nie darüber nachgedacht, dass das Göttliche sozusagen in ihrem eigenen Herzen verankert sein könnte.

Nach diesem Augenblick der Besinnung fuhr Simeon gelassen fort: „Ich bin nicht hier, um euch zu bekehren oder zu predigen. Aber manchmal braucht es Zeit und Stille, um diese Erkenntnisse reifen zu lassen. Ihr werdet das Kloster mit Fragen betreten – und vielleicht mit ein paar Antworten wieder verlassen. Oder zumindest mit einem klareren Blick auf euch selbst."

Milena räusperte sich und nickte. „Wir... sind jedenfalls dankbar für die Gastfreundschaft, Vater Simeon. Und es ist schön, euch alle kennenzulernen", fügte sie hinzu und sah zu Peter und Emily.

Emily lächelte, offensichtlich darum bemüht, wenigstens ein paar Brocken Serbisch zu verstehen. Peter schien ebenfalls verunsichert, sprach dann aber ruhiger: „Ich danke Ihnen für Ihre Worte, Vater. Ich weiß nicht, ob ich das schon begreife... aber es gibt mir zu denken."

„Das reicht für den Anfang", erwiderte Simeon sanft.

Während sie alle an ihren Teetassen nippten, herrschte für einen Augenblick eine angenehme Stille. Später würden sie sich gewiss noch näher austauschen – doch für diesen Moment ließ man die Stille einfach wirken.

In einer Ecke standen Ljubica und Milena schließlich beisammen, während Peter und Emily sich für einen kurzen Spaziergang entschuldigten und Simeon ein paar Besorgungen im Kloster erledigen ging. Ljubica seufzte: „Wir scheinen nicht die Einzigen zu sein, die hier Ruhe suchen. Interessant, wie verschieden alle ankommen."

„Ja", gab Milena zurück. Ihr Blick schweifte kurz hinaus, wo das Laub in der Sonne glühte. „Die Worte von Vater Simeon... irgendwie treffen sie mich. Ich hätte nie gedacht, so etwas in einem Kloster zu hören – Gott in mir, Vergebung in mir..."

Ljubica legte ihr einen Arm um die Schulter. „Vielleicht wirst du hier Antworten finden, die du in Wien nicht gefunden hast – oder ..." Sie stockte, dachte an jene unausgesprochenen Details, die Milena nur vage angedeutet hatte, und schwieg. Noch war nicht der richtige Moment, sie damit zu konfrontieren. Zu früh war es, all die tieferen Themen offenzulegen.

Stattdessen fasste sie Milena am Arm und wollte gerade vorschlagen, einen kleinen Spaziergang zu machen, als Emily den Raum betrat und sie mit leuchtenden Augen ansprach: "Entschuldigt, wenn ich euch unterbreche. Peter und ich wollten gleich eine kleine Wanderung mit Picknick unternehmen, habt ihr nicht Lust, mitzukommen?"

Milena und Ljubica sahen sich an und mussten schmunzeln. "Klar!" sagte Ljubica begeistert. "Ein Picknick klingt wunderbar, wir wollten ohnehin ein wenig die Gegend erkunden."

„Perfekt", erwiderte Emily strahlend. „Dann treffen wir uns in ein paar Minuten draußen? Wir packen unsere Rucksäcke und warten beim Tor."

Wenig später fanden sie sich alle am Ausgang zusammen. Ljubica bemerkte, dass sie kaum Vorräte hatten – nur eine Flasche Wein, die sie in letzter Minute eingesteckt hatte. "Besser als gar nichts", meinte sie lachend, während Milena die Schultern zuckte. "Wir werden schon nicht verhungern."

Sie machten sich auf den Weg und spazierten am Ufer der Mileševka entlang. Das leichte Plätschern des Wassers, die frische Luft und das raschelnde Laub sorgten für eine heitere Stimmung. Nach gut einer halben Stunde erreichten sie den sogenannten Tunnel "kod Drekavca". Die niedrige Tunnelröhre führte tief in den Fels, und eine Gedenktafel am Eingang wies auf historische Ereignisse hin.

Ljubica zeigte auf die dunkle Öffnung. "Wisst ihr, hier wurde 1996 ein berühmter Film gedreht: 'Lepa Sela Lepo Gore'."

„Oh, wirklich?", fragte Milena überrascht. „Ich dachte, das sei in Bosnien gedreht worden. Der Film war damals so ein riesiger Erfolg... aber auch sehr tragisch."

Peter und Emily warfen sich einen fragenden Blick zu. "Wir kennen den Film nicht. Worum geht es denn?" fragte Emily.

„Es spielt zur Zeit des Krieges im ehemaligen Jugoslawien in den 90ern", erklärte Ljubica mit gedämpfter Stimme. "Eine sehr traurige Zeit – der Film zeigt die Absurdität und Brutalität dieses Konflikts. Viele sagen, es sei ein Meisterwerk, das die Tragik dieser ganzen Epoche einfängt."

“Klingt erschütternd”, murmelte Peter. “Es ist immer wieder erschreckend, wie Konflikte in der Region eskalierten.”

Sie sprachen kurz über die damaligen Ereignisse, bedauerten die Gräben, die sich zwischen den verschiedenen Ethnien aufgetan hatten, und darüber, wie viel Leid alle Seiten erfahren hatten. Danach traten sie in den Tunnel ein, der düster vor ihnen lag.

Emily blieb dicht hinter Peter. “Sag mal, was bedeutet eigentlich ‘Drekavac’?”, fragte sie neugierig.

Ljubica lachte. “Das ist ein Wesen aus unserer Mythologie, ein schreiendes Monster, das angeblich in Wäldern oder verlassenen Orten umhergeht und Schafe reißt. Manche behaupten, es existiert tatsächlich, andere sagen, das sind alles nur Geschichten.”

Emily war sichtlich verunsichert. “Na super... Hoffentlich greifen uns keine Monster an.” Sie drehte sich mehrfach um und beschleunigte ihre Schritte, um möglichst rasch ans andere Ende des Tunnels zu gelangen. Milena, Ljubica und Peter lachten, amüsiert über Emilys Ehrfurcht vor der düsteren Sage.

Kaum waren sie am Ausgang angekommen, führte der Weg steil bergauf zu den Ruinen einer alten osmanischen Festung. Mit jedem Schritt eröffnete sich ihnen ein weiter Blick über die umliegenden Hügel und Täler. Schließlich erreichten sie eine efeuumrankte Steinmauer – der noch erhaltene Teil der Festungsanlage.

„Wow”, hauchte Milena, als sie in die Ferne blickte. „Das ist atemberaubend.”

Emily breitete eine Decke auf einem ebenen Felsen aus. “Dann lasst uns hier eine kleine Pause einlegen.”

Sie setzten sich in einer kleinen Gruppe zusammen, öffneten ihre mitgebrachten Snacks und holten die Weinflasche hervor. Das leichte Lüftchen, die wärmenden Sonnenstrahlen und die Weite des Himmels sorgten für eine entspannte, fast andächtige Atmosphäre.

Nach ein paar Schlucken Wein kam das Gespräch in Schwung. Sie erzählten einander von ihren Lebenswegen, ihren Reiseerfahrungen und Wünschen. Die Stimmung wurde immer vertrauter.

Irgendwann lächelte Emily verschmitzt. “Ich habe eine Idee – lasst uns ein Spiel spielen. Jeder kann eine Sache nennen, die ihm auf der Seele liegt, eine Entscheidung, die er treffen muss, oder ein Wunsch, bei dem er unsicher ist. Dann können die anderen mit ‘Daumen hoch’ oder ‘Daumen runter’ abstimmen, was sie davon halten.”

Die anderen sahen sich überrascht an, bis Milena schließlich lächelte. “Warum nicht? Das klingt verrückt, aber ich bin dabei.”

„Gut“, meinte Ljubica kichernd, während sie ihr Weinglas hob. “Wir sind sowieso schon halb beschwipst, da können wir auch ehrlich sein.”

Emily klatschte in die Hände. “Wunderbar! Dann fang ich an, weil ich das Ganze vorgeschlagen habe...”

Neugierig rückten alle ein wenig näher zusammen, bereit, in

dieses ungewöhnliche, aber verbindende Spiel einzutauchen.

Emily wurde als Erste plötzlich ernst und sah in die Runde. „Ich habe mich schon lange gefragt, ob ich vielleicht einen Fehler gemacht habe ... Ich möchte nämlich keine Kinder. Und obwohl ich daran nie wirklich Zweifel hatte, spüre ich ständig einen gesellschaftlichen Druck, der mir sagt, ich müsste es doch wollen. Als wäre ich unvollständig. Aber das bin ich nicht. Nur ... Manchmal frage ich mich doch, ob ich falsch liege. Ob ich irgendein Schuldgefühl haben müsste."

Sie holte tief Luft. „Haltet ihr das für einen Fehler, dass ich keine Kinder habe und es auch nicht will?"

Sie sah zögernd in die Runde, doch fast sofort formten alle drei – Milena, Ljubica und Peter – ihre Hände zu einem deutlichen Daumen nach unten.

„Auf keinen Fall", sagte Ljubica nachdrücklich. „Ich habe drei Kinder und liebe sie über alles, aber das heißt nicht, dass jeder dasselbe tun muss. Das ist deine ganz persönliche Entscheidung."

Peter nickte zustimmend und Milena fügte hinzu: „Ich habe auch Kinder, aber das war mein eigener Wunsch und nicht das Ergebnis von irgendeinem äußeren Zwang. Du solltest nie das Leben anderer nachahmen, nur um dich passend zu fühlen. Es ist dein Leben; was zählt, ist, dass du dich wohlfühlst."

Emily wirkte enorm erleichtert. „Danke euch. Das fühlt sich gut an. Ich hatte solche Angst, verurteilt zu werden." Sie atmete sichtbar auf. „Und jetzt ist wohl der Nächste dran?"

Ljubica hob die Hand. „Ich kann. Ich trage schon lange etwas mit mir herum. Ich habe nämlich ein Angebot bekommen – von einem Theater in Belgrad! Ich sollte eigentlich dort vorsprechen für eine Rolle. Ihr müsst wissen, ich war früher Schauspielerin, bis ich mit meiner Familie begann. Seitdem habe ich nie wieder gespielt. Jetzt fühle ich mich alt und eingerostet. Aber ein Teil von mir sehnt sich danach, wieder auf der Bühne zu stehen."

Emily strahlte. „Oh, das ist ja spannend! Kannst du uns nicht irgendwas vorspielen, damit wir sehen, wie du auf der Bühne wärst?"

Ljubica wurde rot. „Jetzt hier? Ach, ich weiß nicht ... Ich hab das ewig nicht mehr gemacht. Und dann auch noch spontan ..."

Peter klatschte in die Hände. „Nur keine Scheu, wir sind doch unter uns. Wir werden dich bestimmt nicht schlecht beurteilen!"

Schließlich ließ sich Ljubica dazu überreden. Sie nahm einen kleinen Schluck Wein, stand auf und rezitierte einen kurzen Monolog – auf Serbisch, in anrührender, leidenschaftlicher Art. Obwohl Emily kaum etwas verstand, war sie sichtlich beeindruckt von Ljubicas Ausdrucksstärke. Die Stimme, die Mimik – Ljubica schien für einen Moment wie verwandelt.

Als sie geendet hatte, brach die kleine Gruppe in Applaus aus, und Emily rief: „Fantastisch! Ich hab zwar nur die Hälfte kapiert, aber deine Ausstrahlung ist unglaublich!"

Ljubica setzte sich wieder, ihr Herz pochte spürbar. Sie blickte in die Runde, und diesmal formten alle Daumen sich nach oben.

„Tu es!“, meinte Milena eindringlich. „Du wirst es bereuen, wenn du es nicht wenigstens versuchst.“

Kaum hatte sie das ausgesprochen, wurde Milena ganz aufgeregt. „Aber sag mal, Ljubo – warum hast du mir das nicht früher erzählt? Das ist doch eine fantastische Neuigkeit! Oh, warte… ich will dir keinen Vorwurf machen“, fügte sie hastig hinzu und grinste entschuldigend. „Es ist bloß so toll, dass du wieder diese Chance bekommst. Wir haben doch alle unsere Geheimnisse, und ich wollte dir die ganze Zeit sagen, dass dein Leben längst nicht vorbei ist. Du hast so viel Talent!“

Ljubica atmete einmal tief durch und lächelte dankbar. „Mir war nicht klar, wie ich es ansprechen soll. Ich dachte, alle würden mich für verrückt halten, in meinem Alter noch mal auf die Bühne zu wollen…“

„Unsinn!“, rief Milena und drückte ihr liebevoll den Arm. „Du hast noch so viel Zeit, deine Träume neu zu entdecken. Also mach was daraus!“

„Na, dann bin ich wohl dran“, sagte Peter. Er räusperte sich, und ein Schatten huschte über sein Gesicht. „Ich … habe schon seit Längerem mit depressiven Phasen zu kämpfen. Der Stress in meinem Job wird immer größer, und ich frage mich, ob ich meine Firma nicht einfach verkaufen sollte. Etwas Neues suchen, etwas, das mich mehr erfüllt.“

Er blickte zu Emily, als suche er nach einer Reaktion. Doch sie grinste übers ganze Gesicht, stieg auf einen kleinen Felsen, streckte ihren Arm in die Höhe und zeigte den Daumen weit nach oben. „Mach es! Bitte, bitte, mach es! Du wirst sonst nie glücklich. Ich würde dich lieber in einem kleinen Haus haben, aber mit Leichtigkeit in deinen Augen, als in einer Villa, in der wir beide unglücklich sind!“

Peter sah sie gerührt an, und seine Augen wurden feucht. Er zog sie an sich, sie küsste ihn, und man sah, wie eine Last von seinen Schultern fiel. „Danke ... Ich wusste nicht, wie ich’s dir sagen sollte.“

„So“, machte Ljubica, nachdem sich die beiden gelöst hatten. „Jetzt fehlst noch du, Milena. Was ist dein Anliegen?“

Milena zögerte kurz, errötete ein wenig. „Also ... ich muss euch etwas erzählen. Ich war fest davon überzeugt, glücklich allein zu bleiben, seit mein Mann gestorben ist. Dann bin ich in Wien gewesen, und dort habe ich zufällig einen Mann kennengelernt – er heißt Viktor. Plötzlich waren da Gefühle, die ich so lange nicht mehr gespürt hatte. Ich war total verunsichert und habe die Begegnung einfach abgebrochen, weil er jünger ist als ich. Sechs Jahre, um genau zu sein.“

Ljubica riss die Augen auf. „Sechs? Das ist doch nichts! Sechs Jahre sind doch kein Thema!”

„Ich weiß,“ seufzte Milena. „Aber in dem Moment kam es mir riesig vor. Ich dachte: Was werden die Leute sagen? Und wir haben nicht mal Kontaktdaten ausgetauscht ... Jetzt bin ich verwirrter als je zuvor. Vielleicht zeigt es mir nur, dass ich doch nicht für immer allein sein will – aber wie soll ich das anstellen, wenn ich mir selbst im Weg stehe? Sollte ich überhaupt wieder daten? Oder ist das alles verrückt?“

Wieder ging der Daumen bei allen drei nach oben. Ljubica rief enthusiastisch: „Ah, das war also dein Geheimnis! Hör zu – ob er jünger oder älter ist, ist doch egal, wir leben nicht mehr in den fünfziger Jahren!“

Emily strahlte. „Genau das! Wenn in dir der Wunsch aufkommt, jemanden kennenzulernen, dann tu es. Egal was andere sagen – du musst glücklich sein.“

Peter klopfte Milena auf die Schulter. „Eben. Selbst wenn du Viktor nicht mehr wieder siehst, kannst du jetzt weitergehen und dich umschauen. Dein Alter ist kein Hindernis – nur dein Zögern könnte eins sein.“

Milena seufzte, aber es klang eher erleichtert als verzweifelt. „Ihr habt ja recht ... Danke. Es tut gut, das laut zu sagen. Ich wusste gar nicht, dass ich so sehr auf Bestätigung hoffe. Vielleicht wage ich es wirklich.“

Die vier saßen noch eine Weile zusammen, genossen die Aussicht und ließen sich vom leichten Rausch des Weines die Zunge lösen. Trotz all ihrer Unsicherheiten hatten sie das Gefühl, dass sie sich in diesem Moment näher gekommen waren. Das Spiel hatte sie dazu gebracht, über tiefgründige Dinge zu sprechen und sich gegenseitig Mut zu machen - vielleicht war es genau das, was sie alle brauchten.

Die vier saßen noch ein Weilchen beisammen, genossen die Aussicht und ließen den leichten Rausch des Weins ihre Zungen lösen. Trotz aller Unsicherheiten hatten sie das Gefühl, in diesem Moment einander nähergekommen zu sein. Das Spiel hatte sie dazu gebracht, über Tiefgründiges zu sprechen und einander zu bestärken – vielleicht war es genau das, was sie alle gebraucht hatten.

Kapitel 13: Gesänge im Kerzenschein

Der Abend senkte sich bereits über Mileševo, als Milena, Ljubica, Peter und Emily zum ersten Mal wirklich das Herzstück des Klosterkomplexes betraten. Nach einem einfachen, aber herzhaften Abendessen im Konak hatte Vater Simeon ihnen angeboten, eine kleine Führung durch das Hauptgebäude zu machen.

Ein sanftes Licht lag über den Steinmauern, und die kühle Abendluft war erfüllt von einem leisen, beinahe mystischen Gesang, der aus der Ferne zu ihnen drang. „Das sind meine Brüder, die Mönche", erklärte Simeon leise und führte sie durch einen schmalen, gewölbten Gang. „Sie bereiten sich auf die Nachtandacht vor."

Die Besucher traten durch eine mächtige Holztür in den Vorraum der Klosterkirche. Das Innere wirkte trotz der gedämpften Beleuchtung erhaben: hohe, gewölbte Decken, steinerne Säulen, und in Nischen und Wandflächen kostbare Fresken, die man nur schemenhaft erahnen konnte.

Vater Simeon begann mit ruhiger Stimme: „Manastir Mileševa ist ein serbisch-orthodoxes Kloster aus dem Mittelalter. Gegründet hat es König Stefan Vladislav, irgendwo in der ersten Hälfte des 13. Jahrhunderts, als seine Stiftung. Er liegt hier übrigens auch begraben."

Er deutete mit der Hand auf eine seitliche Kapellenkammer. „Die Geschichte von Mileševa ist eng verknüpft mit der serbischen Identität. Überhaupt ist der Heilige Sava hier von großer

Bedeutung – sein Name und seine Taten sind überall präsent."

Während sie langsam voranschritten, schienen die Schatten der Gewölbe um sie herum zu leben. Das murmelfeine Klingen eines Gesangs, irgendwo aus den hinteren Räumen, vermischte sich mit dem Flackern der Kerzen, die in goldenen Leuchtern brannten. Peter blieb einmal kurz stehen, um den gewölbten Deckenblick zu bestaunen, während Emily sich staunend an einer Wand mit verblassten Schriftzeichen vorbeugte. „Ist das Kirchenslawisch?" fragte sie leise. Simeon nickte.

„Das Kloster hat eine bedeutsame Vergangenheit", fuhr er fort. „Früher gab es hier eine der seltenen Druckereien für liturgische Bücher. Man hat auch manche Konflikte überstanden, wie zur Zeit, als die Türken einmarschierten. Immer wieder war Mileševa in Gefahr. Doch viele Menschen haben es verteidigt – sogar manche Muslime, die den Wert dieses Ortes erkannten. Und so überdauerte es die Jahrhunderte."

Er trat an eine Wand, die von alten, in lebhaftem Stil gemalten Fresken bedeckt war. „Ein Highlight von Mileševa ist das berühmte Fresko des Weißen Engels. Diese Darstellung des Engels, der den Frauen am Grab Christi die Auferstehung verkündet, ist eine der großen Leistungen der europäischen Malerei des 13. Jahrhunderts. Man sagt, es sei lange verdeckt gewesen, als man im 16. Jahrhundert neue Fresken darübergemalt hat. Erst in der Neuzeit wurde es wieder freigelegt."

Er leuchtete mit einer kleinen Laterne nach oben, und tatsächlich sahen die vier schemenhaft die Gestalt eines strahlend weiß gekleideten Engels, der auf einem Stein zu sitzen schien und mit ruhiger Geste auf das leere Grab wies. Die feinen Linien und die sanfte Mimik machten selbst im Halbdunkel einen tiefen Eindruck.

„Wunderschön ...", flüsterte Milena. „Man spürt förmlich etwas Göttliches darin."

„Ja", sagte Simeon lächelnd. „Es vereint Monumentalität und zugleich zarte Lebendigkeit. Die Fresken hier gehören zum Besten, was die sogenannte Raška Schule hervorgebracht hat – eine mittelalterliche Stilrichtung serbisch-orthodoxer Kunst, die ihren Ursprung in der Raška-Region hat. Das Kloster diente nicht nur als religiöses Zentrum, sondern auch als kultureller Brennpunkt. Im Laufe seiner Geschichte wurde es oft beschädigt und wiederaufgebaut. Jeder, der hier war, hat ein Stück zu seiner heutigen Gestalt beigetragen."

Ljubica betrachtete die gemalten Heiligengestalten und sprach leise: „Als Kind hat mein Vater mich in ein Kloster mitgenommen, irgendwo in der Nähe von Studenica. Seither habe ich immer diese Ehrfurcht vor der Kunst in solchen Kirchen, vor diesen Fresken, die Jahrhunderte überdauern."

„Man spürt eine Art Zeitlosigkeit", stimmte Peter zu. „All die Konflikte und Umwälzungen, und doch ist dieser Ort noch da. Es wirkt beinahe wie ein Wunder."

Ein leises Geräusch ließ sie sich umdrehen – eine Tür am Seitenschiff öffnete sich, und ein Mönch trat heraus, in der Hand ein Weihrauchgefäß. Der Duft von Weihrauch mischte sich nun in die ohnehin dichte, sakrale Atmosphäre. Er nickte den Besuchern freundlich zu, ehe er in einem anderen Raum verschwand.

Simeon bat sie weiterzugehen, in den Hauptraum, wo sich die Kuppel hoch wölbte. „Hier war einst die Grabstätte des Heiligen Sava. Der König Vladislav brachte die Reliquien seines Onkels her, um das serbische Volk zu einen. Später, im 16. Jahrhundert, verbrannten die Osmanen jedoch jene Reliquien auf dem Vračar-Hügel in Belgrad, um den serbischen Geist zu brechen. Doch wie ihr seht, hat das die Bedeutung des Heiligen Sava in den Herzen der Leute nicht mindern können."

Milena ließ den Blick über die Wände gleiten, auf denen Reste älterer und neuerer Freskenschichten zu erkennen waren. Dabei musste sie unwillkürlich an das vorangegangene Gespräch denken – an das Spiel mit den Daumen und ihre eigene Unsicherheit, sich vielleicht doch wieder zu öffnen. Der Klang der Mönchsgesänge wirkte wie ein leises Echo, das ihr zuzuflüstern schien: Wag es.

Ljubica war in Gedanken bei ihrem Theaterangebot. Sie hatte sich so lange eingeredet, dass sie „zu alt" sei. Aber wenn Mileševa noch existierte, so viele Stürme überdauernd – warum nicht auch ihre eigenen Träume? Warum sollte sie jetzt aufhören?

Peter wiederum spürte inmitten dieser stillen Heiligkeit, dass sein Entschluss, die Firma zu verkaufen, vielleicht gar nicht so verwegen war. Dieses Leben hier, die Einfachheit, die Hingabe an etwas Größeres – es öffnete ihm die Augen dafür, dass Geld und Erfolg kein Garant für innere Zufriedenheit waren.

Und Emily, die sich immer Sorgen gemacht hatte, „falsch" zu sein, weil sie keine Kinder wollte, fühlte sich in diesem Moment leicht. Der Gesang und das goldene Flackern der Kerzen machten ihr klar, dass es so viele Möglichkeiten gibt, das Leben mit Sinn zu füllen. Niemand war gezwungen, eine Rolle zu spielen, in der er sich nicht wohl fühlte.

Schließlich führte Simeon sie in einen kleinen Seitengang, der zu einer kleinen Schatzkammer führte. Dort lagen alte Manuskripte, Ikonen und liturgische Gewänder in Glasvitrinen. „Ein Teil dessen, was sich über die Jahre erhalten hat. Natürlich gab es Plünderungen und Brände, aber einiges blieb uns erhalten. Und wenn wir es bewahren, bewahren wir auch ein Stück unserer Identität.“

Sie sahen sich schweigend um, berührt von der Geschichte dieses Ortes. Irgendwann meinte Simeon leise: „Wenn ihr wollt, könnt ihr euch noch ein wenig setzen und die abendliche Andacht hören. Die Mönche singen bald ihr letztes Gebet für heute.“

Die vier nickten und folgten ihm in einen schmalen Chorgang, in dem Gläubige sich traditionell zum Gebet aufstellen. Man sah nicht viel von der Andacht selbst – nur Schatten, Kerzenlicht, die leisen Silhouetten der Mönche. Aber die Gesänge, tief und vibrierend, drangen zu ihnen herüber und erfüllten den Raum mit einer friedvollen Schwere, als würde die Zeit stillstehen.

Jeder von ihnen hing seinen Gedanken nach: Milena an ihre Furcht und gleichzeitige Sehnsucht, Ljubica an das große Angebot, Peter an seinen möglichen Neubeginn und Emily an ihren Mut, zu ihrer Entscheidung zu stehen. Die Klänge flossen wie ein Bach durch ihr Inneres und spülten die Zweifel hinweg – wenigstens für diesen Augenblick.

Erst als die Gesänge verstummten, merkten sie, wie spät es schon war. Das Kloster lag nun im Halbdunkel, nur hier und da flackerten noch einzelne Laternen. Simeon verabschiedete sich freundlich und ließ die vier in einem stillen Seitengang zurück.

„Wollen wir?“, fragte Emily leise.

Peter sah sie an und lächelte. „Ja, gehen wir zurück ins Konak. Ich glaube, es gibt noch viel zu bereden, aber alles zu seiner Zeit.“

Ljubica und Milena nickten. Und so traten sie hinaus in die kühle Nacht, die nun über den Mauern von Mileševa lag, tief und still. Irgendwo in der Ferne hörte man noch ein letztes, verklingendes Halleluja, das in den Sternenhimmel emporstieg. Vielleicht, so dachten sie alle, hatte dieser Ort ihnen gerade eine neue Perspektive geschenkt – eine, die man nicht mit Worten allein beschreiben konnte.

Kapitel 14: Neue Wege

Die nächsten drei Tage in Mileševo vergingen wie im Flug. Ohne viel Trubel oder ein festes Programm teilten Milena, Ljubica, Peter und Emily ihre Zeit zwischen stiller Besinnung, gemeinsamen Spaziergängen und langen Gesprächen auf. Manchmal schlenderten sie einfach am Flussufer entlang und atmeten die frische Luft ein, ein anderes Mal schlossen sie sich einer kurzen Gebetsstunde an und lauschten dem Chor der Mönche. Die Atmosphäre des Klosters hatte auf alle eine beruhigende und inspirierende Wirkung. Sie merkten, wie sie sich jeden Tag besser kennenlernten, fast so, als wären sie alte Freunde.

Eines Abends saßen sie zusammen in einem kleinen Restaurant in der Nähe des Klosters, das für seinen frischen Fisch bekannt war. Das Restaurant war rustikal, aber gemütlich eingerichtet, und der Besitzer brachte ihnen bald dampfend heiße Platten mit Forellen, die nur wenige Stunden zuvor im Fluss geschwommen waren.

„Das schmeckt himmlisch", lobte Emily, während sie ein Stück Fisch probierte. „Ich glaube, ich habe noch nie so frischen Fisch gegessen."

„Ja, wirklich köstlich", stimmte Peter zu und ließ seinen Blick umherschweifen. Die Wände waren mit einfachen Bildern von lokalen Landschaften geschmückt. Aus einem kleinen Radio hinter der Theke ertönte leise serbische Volksmusik.

Ljubica seufzte leise und blickte in die Runde. „Wie gerne würde ich noch länger hierbleiben. Aber wenn ich diese Theaterrolle möchte, muss ich bald zurück nach Belgrad. Ich habe nicht mehr viel Zeit für das Vorsprechen."

Milena lächelte, aber in ihren Augen lag ein leises Bedauern. „Und ich gönne es dir von Herzen, Ljubo. Ich finde es toll, dass du dich traust. Mach es einfach. Hör auf deine Sehnsucht, du hast doch selbst erlebt, wie sehr es in dir brennt."

„Ja, schon..." Ljubica zögerte. „Nur habe ich ein schlechtes Gewissen dir gegenüber. Du fühlst dich hier so wohl, und ich weiß, dass du noch gar nicht wegwillst. Du würdest mit mir zurückfahren müssen, und das, obwohl du vielleicht gerne noch bleiben würdest."

Milena winkte ab. „Ach was, mach dir keine Sorgen. Ich liebe diese Reise. Und es war immer unser Plan, weiterzuziehen. Die Zeit im Kloster war ein Geschenk, aber du sollst diese Chance nicht verpassen. Wer weiß, wann sie sich wieder ergibt."

„Moment mal", mischte sich Peter ein. „Emily und ich werden bald weiterreisen – aber nach Montenegro. Unser Segelboot liegt in Budva vor Anker und wir wollen in den nächsten Tagen nach Athen segeln. Hast du Lust, mit uns zu kommen, Milena? Ein kleiner Abstecher auf dem Wasser, bevor du nach Karlsruhe zurückkehrst?"

Emily, die gerade ihren Tee trank, stellte ihre Tasse ab und nickte eifrig. „Oh ja, das wäre großartig! Wir haben noch reichlich Platz an Bord, und es ist eine einmalige Gelegenheit. Wir würden uns wirklich freuen, wenn du dabei wärst."

Milena riss überrascht die Augen auf. „Mit euch nach Budva

und dann über das Meer segeln? Ich… weiß nicht. Das klingt unglaublich, aber auch sehr spontan."

Bin ich wirklich bereit, mich einfach so auf eine Segelreise einzulassen? fragte sie sich kurz, während ihr Herz gleichzeitig schneller schlug vor Aufregung.

„Genau das ist doch das Schöne!", rief Ljubica begeistert, obwohl eine Spur Wehmut in ihrer Stimme mitschwang. „Wir haben uns hier so gut kennengelernt, warum solltest du nicht mit ihnen gehen und noch mehr erleben? Ich finde es wunderbar, wie das Leben manchmal Wege öffnet."

Milena schaute von einem zum anderen. „Ich mache mir nur Sorgen um dich, Ljubo – sollst du denn mit dem alten Fićo alleine weiterfahren? Was, wenn er den Geist aufgibt?"

Ljubica lachte und hob beschwichtigend die Hände. „Ach, Milena, wenn das Auto unterwegs verreckt, dann ruf ich einfach unseren Schutzengel Mara an, die rettet mich schon."

Peter und Emily sahen sich fragend an. „Wer ist Mara?", fragte Emily und lächelte.

„Eine Truckerin, die uns quasi aufgelesen hat, als wir eine Panne hatten", erklärte Ljubica. „Eine echte Heldin! Wir waren mitten im Nirgendwo und sie hat binnen Minuten das Problem gelöst."

„Und wir haben uns geschworen, sie wie einen Schutzengel zu betrachten", ergänzte Milena belustigt. „Aber mal im Ernst: Der Fićo ist zwar klapprig, aber er hat uns schon weit gebracht.

Ich vertraue Ljubica, sie schafft das – oder eben Mara."

Die vier lachten zusammen, und für einen Moment herrschte eine heitere, entspannte Stimmung am Tisch. Der Besitzer des Restaurants brachte ihnen eine Karaffe Wasser und sie stießen mit frischem Quellwasser aufeinander an.

„Also", begann Emily nach einer Weile, „heißt das, du kommst mit uns nach Montenegro?"

Milena atmete tief durch. „Warum eigentlich nicht?", sagte sie schließlich, und ihre Augen strahlten. „Ich wollte mein Leben spontaner gestalten, Dinge wagen, die ich früher nie getan hätte. Ich glaube, das ist der perfekte nächste Schritt."

„Dann ist das beschlossen!", rief Peter. „Wir brechen in zwei Tagen auf. Bis dahin können wir noch alle Besorgungen erledigen, und du kannst dir überlegen, was du brauchst."

„Klingt gut", meinte Milena und spürte ein Kribbeln, das sie fast an ihre Jugend erinnerte. „Wirklich gut."

Sie aßen noch ein wenig von dem leckeren Fisch und erzählten sich gegenseitig Anekdoten über Träume und Pläne. In der kleinen Wirtschaft, weit weg von der hektischen Welt, schmiedeten sie große Pläne für die Zukunft. Und als sich die Nacht über die Berge senkte, dachte Milena an die Reise, die vor ihr lag – eine Reise, die sie nie geplant hatte und die doch so verlockend war. Sie spürte, wie eine neue Energie in ihr erwachte, ein Sinn für Abenteuer, den sie längst vergessen geglaubt hatte.

Später, als sie aufbrachen und sich in ihre Zimmer im Konak zurückzogen, küsste Ljubica Milena noch flüchtig auf die Wange. „Ich bin so stolz auf uns“, flüsterte sie. „Wir machen endlich wieder das, wozu wir Lust haben.“

„Ja“, gab Milena zurück und umarmte sie. „Das Leben kann manchmal schön sein, wenn man es nur zulässt.“

Ein Segeltörn. Ein neues Abenteuer. Wer hätte das gedacht? dachte Milena, während sie sich ins Bett legte.

Mit diesen Gedanken schliefen sie ein und träumten von neuen Ufern, klapprigen Fićos, endlosen Segeltörns – und von all den Möglichkeiten, die sich öffneten, wenn man dem Leben eine Chance gab.

Kapitel 15: Ljubicas Abschied

Am nächsten Tag, nach einem letzten gemeinsamen Frühstück im Konak, war der Moment des Abschieds gekommen. Ljubica hatte alles für ihre Rückfahrt nach Belgrad zusammengerafft, doch bevor sie gehen konnte, versammelten sich Milena, Peter und Emily noch einmal um sie. Die Stimmung war gelöst und zugleich ein wenig wehmütig.

„Pass gut auf dich und deinen Fićo auf", scherzte Peter, während er Ljubica in die Arme schloss.

Emily drückte sie innig. „Und vor allem: Viel Erfolg beim Vorsprechen! Wir wollen unbedingt hören, wie es gelaufen ist."

„Danke, euch allen!", sagte Ljubica lächelnd. „Ich fühle mich viel sicherer, nachdem wir hier so viel Ruhe und Inspiration gefunden haben."

Milena trat schließlich vor, und die beiden Cousinen umarmten sich lange.

Hoffentlich dauert es nicht wieder Jahre, bis wir uns wiedersehen, fuhr es Milena durch den Kopf.

„Mach dir keine Sorgen um mich. Ich werde mit Peter und Emily weiterziehen. Aber ruf bitte an, wenn etwas sein sollte. Und melde dich, sobald du in Belgrad angekommen bist."

Ljubica nickte und wollte sich schon in den Fahrersitz setzen, als sie hinter sich schnelle Schritte hörte. Vater Simeon kam eilig heran. „Verzeih, Ljubica, dass ich erst jetzt erscheine. Ich wollte dir noch eine gute Heimreise wünschen."

Er holte eine kleine Ikone aus seiner Brusttasche – ein filigranes Bildnis des Heiligen Nikolaus. „Er ist der Schutzpatron der Reisenden. Möge er dich auf allen Wegen begleiten."

Überrascht nahm Ljubica die Ikone entgegen. „Oh, vielen Dank... Wissen Sie, mein Vater hat jedes Jahr die Slava zu Ehren von Sveti Nikola gefeiert. Das ist unsere Familientradition."

Emily blickte neugierig zwischen Ljubica und Vater Simeon hin und her. „Slava? Was genau ist das?"

Vater Simeon lächelte verständnisvoll. „Das ist ein orthodoxer Brauch, der besonders unter Serben verbreitet ist – das Feiern des Familienheiligen. Man lädt Verwandte und Freunde ein, backt ein besonderes Brot, den slavski kolač, und bereitet koljivo zu – gekochten Weizen als Symbol für das ewige Leben. Es ist eine festliche und spirituelle Zusammenkunft, in deren Zentrum die Verehrung dieses Heiligen steht."

„Das klingt so schön", seufzte Emily. „Vielleicht suchen Peter und ich uns auch einen Heiligen aus."

Peter schmunzelte. „Ich kenne den Brauch nur oberflächlich, aber es ist definitiv ein Stück spannender Kultur. Wir sollten das mal miterleben."

Ljubica drehte die Ikone in ihren Händen und verzog gerührt das Gesicht. „Vielen Dank, Vater Simeon. Ich werde sie in Ehren halten."

Daraufhin hob sie den Blick zu Milena. „Du vergisst mich

nicht?“

Milena lächelte. „Niemals. Und du vergiss bitte nicht, uns Bescheid zu geben, wie es dir ergeht. Falls du unterwegs eine Panne hast...“

Ljubica lachte. „Dann rufe ich Mara an, schon klar. Oder dich. Irgendwer wird mich retten.“

Schließlich setzte sie sich ins Auto. Der Fićo hustete und qualmte, als sie den Motor anließ. Eine dicke schwarze Wolke stieg aus dem Auspuff auf, doch das klapprige Gefährt erwachte nach ein paar Versuchen zum Leben. Fast automatisch legten Milena, Peter, Emily und sogar Vater Simeon die Hände an den Kotflügel und gaben dem Wagen einen kleinen Schubs, bis er behäbig in Fahrt kam.

Ljubica hupte ein paarmal, rief: „Wir sehen uns!“, und rollte schließlich auf die Landstraße hinaus, dem sonnigen Herbsttag entgegen. Erst als der Wagen hinter einer Kurve verschwunden war, ließen sie die Arme sinken.

Nachdem Ljubica fort war, machten sich Milena, Emily und Peter auf den Weg in die nahe Stadt Prijepolje. Dort wollten sie noch ein paar Besorgungen machen und die Gelegenheit nutzen, ein wenig die lokale Umgebung zu erkunden.

Die Stadt begrüßte sie mit engen Gassen, kleinen Läden und einem angenehm geschäftigen Treiben. Gleich in einem der ersten Souvenirshops fanden sie handgefertigte Holzschnitzereien, bunte Stickereien und Postkarten – Erinnerungen an ihre Zeit in Mileševa. Emily entdeckte einen filigran gearbeiteten Schlüsselanhänger mit kirchenslawischen Schriftzeichen, den sie als Glücksbringer kaufte.

Peter konnte sich kaum losreißen, weil er in einem Bücherstand ein serbisches Kochbuch erspähte. „Das muss ich haben", rief er begeistert. „Damit kann ich zu Hause all diese Leckereien nachkochen, vor allem Gulasch und Sarma!"

Nach einer Weile klagte Emilys Magen. „Ich könnte jetzt echt was essen", sagte sie. Da fiel ihnen ein kleines Lokal auf, das mit einem Schild „Ćevapčići und mehr" warb. Kaum betraten sie es, umhüllte sie der unwiderstehliche Duft gegrillten Fleisches.

„Oh, das ist himmlisch", stöhnte Emily, während sie sich an einen Holztisch setzten. Sie bestellte sofort eine Portion Ćevapčići – „mit Kajmak und rohen Zwiebeln bitte."

Als die dampfenden Teller aufgetragen wurden, konnte sie kaum genug bekommen. „Wow, ich hätte nie gedacht, dass mir rohe Zwiebeln so gut schmecken könnten. Es passt perfekt!"

„Vorsicht", lachte Milena, „das ist eine gefährliche Kombination. Superlecker, aber man behält den Geschmack noch lange."

Peter nickte und hielt stolz sein erworbenes Kochbuch hoch. „In Zukunft gibt's das bei uns öfter!"

Nach dem ausgiebigen Mahl schlenderten sie noch ein wenig durch die Stadt. Die Herbstsonne tauchte die Straßen in ein mildes Licht, und Milena fühlte eine angenehme Ruhe in sich aufsteigen. Ihr wurde bewusst, dass sie gerade den letzten Abschnitt ihrer Zeit in Serbien genoss, bevor das nächste Abenteuer begann.

Noch war der Tag nicht vorbei. Emily hatte gehört, dass es in der Nähe einen Aussichtspunkt namens Titerovac gab. Kurz entschlossen schnürten sie ihre Wanderschuhe und machten sich zu Fuß auf den Weg. Der schmale Pfad führte steil bergauf, und nach einer guten Stunde anstrengenden Marsches erreichten sie endlich eine kleine Lichtung kurz vor dem Aussichtspunkt.

Der Ausblick war atemberaubend. In der Ferne lagen die sanften Hügel, dazwischen blitzten vereinzelte Flussläufe und Täler. Die Sonne neigte sich langsam, und ein goldener Schein legte sich über die Landschaft.

„Schau dir das an", murmelte Peter ergriffen. „Man könnte meinen, die Zeit steht still."

Emily stellte sich neben ihn und strich sich eine lose Haarsträhne aus dem Gesicht. „Weißt du, manchmal glaube ich, wir könnten an so einem Ort ewig leben. Alles hinter uns lassen, einfach nur hier in der Natur sein."

Peter nickte. „Ich habe denselben Gedanken. Wer weiß, vielleicht kehren wir eines Tages zurück und bauen uns ein kleines Paradies auf."

Milena stand ein paar Schritte abseits, ihr Blick schweifte über die ferne Landschaft.

Was wäre wohl aus mir geworden, wenn ich nie den Mut gefunden hätte, diese Reise anzutreten?, fragte sie sich leise.

Sie fühlte Stolz und gleichzeitig eine sanfte Melancholie – dieser Ort, dieses Land hatte sie neu belebt, ihr einen Ruck gegeben, über ihre Grenzen zu gehen. Und doch wusste sie, dass sie weiterziehen würde.

Plötzlich vibrierte ihr Handy. Eine WhatsApp-Nachricht in ihrer kleinen Reisegruppe: Ein Foto von Ljubica in Siegerpose neben ihrem Fićo. Darunter die Worte: „Wir haben es geschafft – sind heil in Belgrad angekommen!"

„Gott sei Dank!", rief Emily erleichtert, als Milena ihr das Handy zeigte. „Dann kann ich heute Nacht ruhig schlafen."

Peter grinste. „Sag ihr einen Gruß und dass sie sich melden soll, sobald sie das Vorsprechen hinter sich hat."

Milena tippte rasch eine Antwort, ehe sie das Handy wegsteckte. Eine warme Zufriedenheit durchströmte sie. Sie dachte an die Segelreise, die vor ihr lag – eine Idee, die sie noch vor kurzem für unmöglich gehalten hätte.

„Bereit für den nächsten Schritt?", fragte Emily leise und legte Milena eine Hand auf die Schulter.

„Mehr als je zuvor", antwortete Milena. „Lasst uns gehen."

Kapitel 16: Auf nach Montenegro

Der nächste Morgen dämmerte klar und frisch über Mileševo, als Milena, Emily und Peter ihre Sachen in den Mietwagen luden. Noch immer lag die friedliche Ruhe des Klosters über allem, während Vater Simeon ihnen zum Abschied entgegentrat.

„Jede Begegnung verändert das Leben", sagte er mit sanfter Stimme. „Ich hoffe, eure Veränderung wird eine gute sein."

Die drei bedankten sich herzlich. „Sie haben uns sehr geholfen", gestand Milena. „Unsere Zeit hier war etwas ganz Besonderes – ein Innehalten, das wir alle gebraucht haben."

Vater Simeon hob die Hand zum Segensgruß. „Geht in Frieden und nehmt die Kraft, die ihr hier gespürt habt, mit in die Welt."

Emily, Peter und Milena nickten sichtlich bewegt, stiegen ins Auto und winkten dem Mönch zum Abschied. Er stand noch lange da, seine Gestalt kleiner werdend im Rückspiegel, bis die enge Klosterstraße in die Weite überging. Nun lag der Weg nach Montenegro vor ihnen.

Kaum waren sie ein paar Kilometer gefahren, ließ Milena ihren Blick über das hochmoderne Armaturenbrett schweifen. Sie konnte nicht anders, als an den klapprigen Fićo zu denken.

Wer hätte gedacht, dass ich mich so schnell von einem Klosterbesuch zum nächsten Abenteuer treiben lasse? überlegte sie und spürte einen Anflug von Nervosität – aber auch Vorfreude.

Gerade in dem Moment sagte Peter unvermittelt: „Wisst ihr, Ljubicas Auto geht mir einfach nicht aus dem Kopf. Es muss wahnsinnig aufregend sein, damit durch die Gegend zu tuckern – viel spannender, als in so einem Luxusschlitten zu sitzen."

Milena meinte „Peter, das ist ja genau, was mir auch durch den Kopf ging! Es war zwar etwas wackelig, aber dieses echte Abenteuergefühl vermisse ich schon sehr."

Emily warf ihnen einen amüsierten Blick zu. „Na, dann haben wir wohl eine neue Mission: einen Oldtimer anschaffen, sobald wir uns in Serbien niedergelassen haben."

Alle drei lachten, und Milena spürte ein angenehm kribbelndes Gefühl. Vor wenigen Tagen hätte sie nicht einmal im Traum daran gedacht, solch verrückte Pläne zu schmieden – jetzt war sie mittendrin. Während der Fahrt erzählten sie einander, was sie an der bevorstehenden Seereise reizte: das offene Meer, die unbekannte Küste, die langsame Art des Reisens.

Die Stunden vergingen wie im Flug. Die Berge Montenegros präsentierten sich in all ihrer Schönheit: schroffe Gipfel, tiefe Schluchten, immer wieder kleine Flüsse, die sich durch die Täler schlängelten. Peter bat Milena um Musikvorschläge. „Übrigens, wir müssen unsere Balkan-Playlist definitiv aufpeppen. Hast du noch einen guten Song?"

„Ja, da fällt mir ein: ‚Moja Mala Nema Mane'. Ein typisch starogradska Lied – altmodisch, vielleicht, aber es zaubert mir immer ein Lächeln ins Gesicht."

Emily suchte es sogleich auf ihrem Smartphone und streamte es über das Audiosystem. Rasch füllte sich der Wagen mit beschwingten Klängen. Sie sangen mit, lachten, und der Tag wurde zum musikalischen Roadtrip. Zwischenzeitlich hielten sie an einem Aussichtspunkt, um die atemberaubende Landschaft zu bestaunen.

Gegen späten Nachmittag stießen sie auf die malerischen Buchten der Adriaküste. Milena holte tief Luft, als sie erstmals das glitzernde Meer in der Ferne erblickte. Ihre Augen füllten sich mit Erinnerungen an frühere Zeiten. Sie roch das Salz in der Luft und meinte plötzlich, den Geschmack von Fisch und Oliven auf der Zunge zu spüren.

Kurz darauf erreichten sie Budva – eine alte Küstenstadt, in der Steinmauern und moderne Bauten eine faszinierende Mischung ergaben. Peter hatte ein Boutique-Hotel organisiert, nahe dem Hafen, wo sein Segelboot lag. Der Check-in verlief rasch, und sobald Milena ihr Zimmer bezogen hatte, stürzte sie sich auf den Balkon. Vor ihr lagen das azurblaue Meer und die Dächer Budvas.

„Ich kann nicht glauben, dass ich hier bin", flüsterte sie, als Emily auf ihrem eigenen Balkon erschien. Die beiden Frauen grinsten sich an, und Emily meinte: „Na, ist das nicht toll? Wir sind wirklich nur ein Schritt davon entfernt, aufs Meer hinauszufahren."

Beim gemeinsamen Abendessen in der kleinen Hotel-Lounge tauschten sie die Pläne für die nächsten Tage aus. Peter erzählte von seinem Segelboot, das nur darauf wartete, für die Reise nach Athen klargemacht zu werden. Er und Emily hatten schon öfter längere Segeltörns unternommen, doch noch nie in Begleitung einer neuen Freundin.

„Ich bin gespannt, wie du dich auf hoher See machst", sagte Peter lächelnd zu Milena. „Ich hoffe, du wirst nicht seekrank."

„Wenn ich den Fićo überlebt habe, werde ich wohl auch ein Boot überstehen", witzelte Milena, obwohl ein leises Flattern sie überkam. Sie hatte das Meer zwar immer geliebt, aber eine mehrtägige Segelfahrt war Neuland.

Emily stupste sie an. „Mach dir keine Sorgen. Ein Tag auf dem Wasser, und du willst nie wieder zurück."

Milena prostete ihr mit einem Glas Weißwein zu und grinste. „Ich bin bereit für das Abenteuer."

Noch am selben Abend zogen sich die drei nach dem gemeinsamen Abendessen zurück und verbrachten die Nacht in ihren Hotelzimmern. Milena lag lange wach. Das Meeresrauschen begleitete sie in den Schlaf, und trotz ihrer Vorfreude auf die Segeltour schwirrten ihr unzählige Gedanken durch den Kopf.

Was für ein verrücktes Leben – gestern noch im Kloster, morgen schon auf hoher See, dachte sie, unsicher, ob sie sich wirklich in all dem wiederfand, und spürte dabei doch eine tiefe Zufriedenheit.

Früh am nächsten Tag, als die Sonne sich kaum über den Horizont geschoben hatte, klopfte Emily schon an Milenas Zimmertür. „Zeit, aufzustehen! Wir treffen uns gleich unten in der

Lobby, okay?“ Milena musste lächeln – ihre neue Freundin war so voller Energie. Sie selbst fühlte sich noch ein wenig benommen von den vielen Eindrücken.

Wenig später standen sie mit ihren Koffern und Taschen an der Rezeption, checkten aus und bedankten sich beim Hotelpersonal. Peter hatte bereits den Wagen vorgefahren, um das Gepäck zum Boot zu bringen. „Wir können das Auto später wieder abgeben. Erstmal deponieren wir alles auf dem Segelboot“, erklärte er.

Milena stieg ein und spürte wieder dieses Kribbeln, sobald sie ans offene Meer dachte. Die Fahrt zum Hafen war kurz; dort wartete die atemberaubende Aussicht auf unzählige Masten, die sich sanft im Wind wiegten. Milena atmete tief durch. „Wow, jedes Mal, wenn ich so einen Hafen sehe, bekomme ich Fernweh.“

Auf dem Steg herrschte bereits reger Betrieb; Fischer luden ihre frischen Fänge aus, Urlauber schlenderten gemütlich, während einige Segler Vorbereitungen trafen. Peter parkte den Wagen, und sie verluden ihr Gepäck ins Boot – ein schlanker, aber komfortabler Cruiser, weiß mit blauen Streifen. „Willkommen an Bord“, sagte Peter feierlich. „Fühlt euch wie zuhause.“

Emily klopfte aufs Deck. „Alles super in Schuss, wir haben in den letzten Tagen alles Wichtige gecheckt, Wassertanks aufgefüllt, Segel inspiziert. Nach dem Frühstück können wir theoretisch schon ablegen...“

Milena warf einen Blick in das Innere der Kabine und war beeindruckt von der gemütlichen Einrichtung. Sie musste kurz schlucken – ein unbestimmter Nervenkitzel überkam sie. Dann richtete sie sich auf. „Dann lasst uns erst mal frühstücken. Ich möchte mir noch kurz die Altstadt von Budva anschauen, bevor wir in See stechen.“

Kapitel 17: Rührei mit Thymian

Gemeinsam machten sie sich auf den Weg durch das verwinkelte Gassengeflecht der Altstadt von Budva. Die alten Steinmauern und die kopfsteingepflasterten Wege erinnerten Milena an Erzählungen aus ihrer Jugend. Balkone mit üppigem Blumenschmuck, kleine Boutiquen und Cafés säumten den Weg, bis sie ein gemütlich aussehendes Lokal am Rande eines kleinen Platzes entdeckten.

Der Besitzer – ein älterer Herr mit sonnengebräunter Haut und wachem Blick – hieß sie herzlich willkommen. „Izvolite!", rief er und wedelte mit der Speisekarte. „Kommt rein, setzt euch."

Sie nahmen an einem runden Holztisch Platz, der Ausblick führte direkt auf die engen Gassen. „Einen Kaffee, bitte", bestellten Peter und Emily fast gleichzeitig. Milena nickte und wählte ebenfalls Kaffee.

Als der Mann in die Küche verschwand, schlug Milena die Speisekarte auf und blätterte gedankenverloren hindurch. Plötzlich stoppte ihr Blick. Ein Menüpunkt stach ihr ins Auge: Rührei mit Thymian.

Milena verspürte einen kurzen Stich im Herzen, als wäre ein längst vergangenes Bild erneut aufgetaucht. *Wie oft haben wir damals zusammen am Küchentisch gesessen, Oma Rinka und ich,* überlegte sie, während ihr Herz schneller schlug. Ihre Oma Rinka hatte Rühreier mit Thymian geliebt, hatte stets davon erzählt, wie sie dieses Rezept in einer Stadt an der Adria kennengelernt hatte…

„Was ist los?“, fragte Emily, denn Milenas Miene war deutlich bleicher geworden.

„Es… es ist nichts. Ich bin nur überrascht, dieses Gericht hier auf der Karte zu sehen.“

Peter runzelte die Stirn. „Überrascht inwiefern?“

„Ich glaube, das kläre ich gleich“, sagte Milena leise.

Gerade in dem Moment kehrte der Wirt zurück, balancierte ein Tablett mit drei dampfenden Kaffeetassen. „Bitte schön, kafa! Habt ihr euch schon entschieden?“

Milena richtete sich auf. „Entschuldigen Sie, darf ich etwas fragen? Das Rührei mit Thymian… ist das ein typisches Gericht hier in der Gegend, oder…?“

Der Wirt lachte gutmütig. „Gott bewahre, eigentlich nicht. Das Rezept habe ich von meinem Großvater übernommen. Er schwor darauf. Er sagte, er habe es einst für eine ganz besondere Dame erfunden…“

Milena schluckte hart. Ihre Stimme zitterte leicht, als sie zu reden begann: „Meine Oma brachte dieses Rezept mit nach Belgrad, aus einer Sommerliebe hier an der Küste. Sie hat es nie vergessen, obwohl ihre Wege sich getrennt haben. Mir scheint, es könnte… es könnte sein, dass wir denselben Ursprung meinen.“

Der Wirt blieb einen Augenblick still, musterte sie dann mit großen Augen. „Er erzählte uns immer von einer jungen Frau aus Belgrad, in die er sich unsterblich verliebte. Doch sie musste nach Hause zurück, und er blieb hier…"

Emily und Peter warfen sich einen schnellen Blick zu, während Milena und der Wirt sich ansahen, als hätten sie ein Gespenst erblickt.

„Es ist tatsächlich so", flüsterte Milena. „Meine Oma sprach nie von einem Namen, nur, dass es ein Fischer war. Ich dachte immer, es sei nur so eine romantische Geschichte…"

Der alte Mann fasste sich an die Brust. „Mein Großvater starb, als ich noch ein Kind war. Aber er hat dieses Rezept an mich weitergegeben, samt der Geschichte. Er sagte, die Dame heiße Rinka… oder so ähnlich. Ist das…?"

Tränen traten in Milenas Augen. Sie nickte stumm. „Rinka, ja. Meine Oma Rinka."

Einen Moment lang schien die Welt stillzustehen. Dann strahlte der Wirt über das ganze Gesicht. „Das ist unglaublich! Wie klein ist denn die Welt? Hier treffen wir uns, nachdem unsere beiden Familien seit Generationen durch eine unglückliche Liebe verbunden sind."

Emily und Peter sahen Milena an, fasziniert von diesem unerwarteten Zufall. In Milena schwirrten Gedanken: *Wie oft stellen wir uns selbst Hindernisse in den Weg*, fragte sie sich. So wie ihre Oma und dieser Fischer getrennt wurden – durch Angst, Distanz oder Zeit. *Vielleicht ist es genau jetzt an mir, einen alten Kreis zu schließen,* dachte sie und fühlte plötzlich den Drang, Viktor noch einmal zu suchen.

Nach dem Frühstück, das tatsächlich so intensiv nach Thymian duftete, dass Milenas Augen feucht wurden, bestand der Wirt darauf, sie einzuladen. „Ihr müsst kein Geld da lassen. Bitte komm wieder, wenn du mehr Zeit hast. Es gibt so viel, was ich über deine Großmutter erfahren möchte."

Milena bedankte sich, noch halb benommen. „Ich werde wiederkommen, das verspreche ich."

Als sie das Lokal verließen, schlenderte die Gruppe schweigend durch die Altstadtgassen zum Hafen zurück. Der Zufall hatte sie wieder einmal daran erinnert, wie eng die Geschichten der Menschen verflochten sind – und wie schnell man manchmal Gelegenheiten verstreichen lässt.

„Manchmal ist das Leben wirklich verrückt, oder?", sagte Peter schließlich und klopfte Milena auf den Rücken.

„Allerdings", seufzte Milena und hatte in Gedanken bereits Viktor vor Augen. „Allerdings..."

Mit diesem Gefühl im Herzen stiegen sie auf ihr Segelboot, um in ein weiteres Abenteuer aufzubrechen – mit dem Meer vor ihnen und einem Hauch Vergangenheit im Gepäck.

Kapitel 18: Segeltörn von Budva nach Korfu

Die Sonne stand noch tief über dem Horizont, als Milena, Emily und Peter das Deck ihres Segelbootes betraten. Eine sanfte Brise wehte über den Hafen von Budva, ließ die Taue leicht am Mast klappern und das Wasser in kleinen Wellen an den Rumpf schlagen. Milena nahm einen tiefen Atemzug. Sie hatte in der Nacht kaum geschlafen – zu viele Gedanken an die bevorstehende Reise hielten sie wach. Doch jetzt, mit der salzigen Luft in der Nase und dem Boot unter den Füßen, fühlte sie eine seltsame Ruhe.

„Bist du bereit?“, fragte Emily und gesellte sich zu ihr. Peter war am Bug beschäftigt, ein Seil zu überprüfen.

„So bereit, wie man sein kann, wenn man sich auf etwas völlig Neues einlässt“, entgegnete Milena mit einem Lächeln. „Aber ja, ich freue mich. Ich habe noch nie eine längere Segelreise unternommen.“

„Du wirst dich schnell daran gewöhnen“, meinte Emily. „Segeln hat etwas Eigenes. Mal absolute Stille und Weite, dann wieder fordernd, wenn der Wind auffrischt. Man liebt es oder man hasst es – dazwischen gibt es nicht viel.“

Milena lachte. „Dann hoffe ich, dass ich es liebe.“

Peter kam zu ihnen und überprüfte noch einmal die Seekarten. „Wir nehmen Kurs auf Korfu, aber wir machen es gemütlich. Zuerst geht es nach Ulcinj, dann entlang der albanischen Küste.

Wir haben kein festes Zeitlimit.“

„Perfekt“, sagte Emily. „Ich war noch nie in Albanien, ich bin gespannt!“

„Ich auch“, stimmte Milena zu. „Dann packen wir’s an.“

Kurz darauf lösten sie die Leinen. Mit einem sanften Ruck glitt das Boot hinaus auf die offene Adria. Die Mauern von Budva verblassten langsam hinter ihnen, während das Meer sie in seine weite, blaue Umarmung zog.

Die Bedingungen waren ideal – eine konstante Brise trug sie entlang der montenegrinischen Küste. Milena saß am Steuer, während Emily neben ihr saß und ihr erklärte, worauf sie achten musste.

„Es fühlt sich fast an wie Autofahren“, sagte Milena, die sich langsam sicherer fühlte.

„Ja, nur ohne Straßen und mit ein paar mehr Variablen“, grinste Emily.

Am späten Nachmittag erreichten sie die Bucht von Ulcinj. Die kleine Stadt mit ihren weißen Häusern und der Altstadt auf einem Hügel lag malerisch über dem türkisfarbenen Wasser. Sie entschieden sich, für die Nacht hier zu ankern, schwammen eine Runde in der geschützten Bucht und gönnten sich ein Abendessen an Bord – frisches Brot, Oliven, Käse und ein Glas Wein.

„Wie ein kleines Paradies“, murmelte Milena, während die

Sonne in tiefem Orange hinter den Hügeln verschwand.

Am nächsten Morgen setzten sie ihre Reise fort. Albanien erstreckte sich vor ihnen, eine wilde, unberührte Küste mit schroffen Klippen und vereinzelten Sandstränden.

„Hier gibt es Strände, die kaum jemand kennt“, meinte Peter. „Perfekt für einen kurzen Stopp.“

Sie ankerten in einer abgelegenen Bucht nahe Dhërmi. Das Wasser war kristallklar, der Strand menschenleer. Sie schwammen, erkundeten die Felsen und verbrachten einige Stunden in völliger Ruhe.

„Ich hätte nicht gedacht, dass Albanien so schön ist“, sagte Emily beeindruckt.

„Ich auch nicht“, stimmte Milena zu.

Am nächsten Tag erreichten sie die Hafenstadt Saranda, wo sie Proviant auffüllten und einen Abend in einer kleinen Taverne mit gegrilltem Fisch und albanischem Wein genossen.

„Von hier aus ist es nicht mehr weit nach Korfu“, erklärte Peter. „Morgen brechen wir früh auf.“

Der letzte Abschnitt der Etappe führte sie über die Meerenge zwischen Albanien und Korfu. Der Wind war mild, das Wasser spiegelglatt.

„Schau mal, da vorne“, sagte Emily plötzlich und deutete auf eine Bewegung im Wasser.

Milena folgte ihrem Blick – eine Gruppe Delfine tauchte neben dem Boot auf, schwamm eine Weile mit ihnen.

„Das ist magisch“, flüsterte Milena.

Gegen Mittag tauchte die grüne Silhouette Korfus am Horizont auf. Je näher sie kamen, desto deutlicher wurden die sanften Hügel und die weißen Häuser entlang der Küste.

„Wir haben es geschafft!“, rief Emily.

Peter steuerte das Boot in den Hafen von Korfu-Stadt. Als sie anlegten, fühlte Milena eine Mischung aus Erschöpfung und Euphorie.

„Willkommen in Griechenland“, sagte Peter grinsend.

Milena atmete tief ein. Vor ihr lag eine neue Etappe ihrer Reise – und sie konnte es kaum erwarten, sie zu erkunden.

Kapitel 19: Ein Tag auf Korfu

Wenig später, frisch geduscht und in leichten Sommerkleidern, machten sie sich auf, Korfu zu erkunden. Enge Gassen, venezianische Architektur, Oleanderbüsche an jeder Ecke, und eine warme Luft, die nach Zitrus und Meer roch. Emily zückte begeistert ihr Handy, machte Fotos von den verzierten Fenstern, den alten Kirchen und den malerischen Plätzen.

Auf dem Marktplatz stießen sie auf einen kleinen Stand, der frisches Obst verkaufte. Saftige Pfirsiche, Granatäpfel, riesige Melonen - Milena konnte sich kaum entscheiden. Jeder von ihnen kaufte eine Handvoll Trauben und Pfirsiche, um sie am Hafen als Snack zu genießen. "Es ist einfach toll hier", schwärmte Emily. "Ich liebe diese Kombination aus Geschichte und mediterranem Flair".

Sie setzten sich in ein Straßencafé und bestellten kühlen Eiskaffee. Die Sonne brannte mittlerweile recht stark, doch ein leichter Wind machte es angenehm. Während sie auf ihre Getränke warteten, erzählte Milena, wie seltsam es sei, jetzt auf Korfu zu sein, nachdem sie vor Kurzem in Wien ein altes Volkslied gehört hatte, das eng mit dieser Insel verknüpft war.

"Ein Lied?", fragte Emily neugierig. "Was für eins?"

"Es heißt 'Tamo daleko'—ein serbisches Lied aus dem Ersten Weltkrieg. Ich habe es in Wien wiederentdeckt, bei einem Probenraum-Konzert, und war total berührt. Im Lied geht es um Soldaten, die von ihrer Heimat getrennt wurden und nach Korfu fliehen mussten, nachdem sie über Albanien geflohen waren.

Sie haben hier Zuflucht gefunden, obwohl viele auf dem Weg gestorben sind." Milena klang nachdenklich, fast wehmütig. "Ich habe sogar ein kleines Buch mit Noten gekauft, in dem *Tamo daleko* erwähnt wird."

Peter hob interessiert die Augenbrauen. "Wie passen Wien und dieses Lied zusammen?"

„Tja, in Wien bin ich auf Musiker gestoßen, die es spielten. Und jetzt stehen wir hier, auf Korfu, wo diese Soldaten damals ankamen. Es fühlt sich an, als schließe sich ein Kreis." Milena lächelte leicht.

Manchmal glaube ich wirklich, das Leben webt unsichtbare Fäden zusammen, dachte sie und spürte eine eigentümliche Gänsehaut.

In diesem Moment brachte der Kellner den Eiskaffee. Milena schlug rasch ihr kleines Notenbüchlein auf und zeigte Emily und Peter den Text, den sie einst gekauft hatte. "Hier, seht ihr: *Tamo daleko, daleko od mora...*"

"Kannst du es uns übersetzen?", fragte Emily neugierig.

Milena nickte und las halblaut die Zeilen: "*Tamo daleko, daleko od mora, tamo je selo moje, tamo je ljubav moja...*—Das heißt so viel wie *Dort in der Ferne, fern vom Meer, dort ist mein Dorf, dort ist meine Liebe.* Und es geht weiter, über das Verlassen der Heimat, eine zerstörte Kirche, über das Leid des Krieges. *Bez otadžbine, na Krfu živeh ja, ali sam ponosno klic'o, Živela Srbija!—Ohne meine Heimat lebe ich auf Korfu, und doch rufe ich fröhlich: Es lebe Serbien!*"

Emily rührte gedankenverloren in ihrem Eiskaffee. “Das klingt gleichzeitig traurig und hoffnungsvoll. So viel Sehnsucht.”

Peter legte eine Hand an Milenas Schulter. “Wahnsinn, dass wir ausgerechnet hier, auf dieser Insel, über ein Lied sprechen, das von eben dieser Flucht erzählt. Es ist, als würden wir die Geschichte hautnah spüren.”

“Genau das meine ich”, sagte Milena. “Manchmal sind wir in der Welt unterwegs und stolpern über Verbindungen, die wir nie erwartet hätten. Korfu war Schauplatz einer Tragödie, aber auch ein Ort der Rettung für viele. Und jetzt sitzen wir hier, bei Eiskaffee, friedlich in der Sonne.”

Sie verstummten für einen Moment, ließen die Worte nachklingen, während das Leben um sie herum summte—Touristen, Einheimische, Stimmengewirr. Schließlich räusperte sich Peter. “Dann lasst uns auch für die Weiterfahrt eine kleine Playlist machen. Wir nehmen ‘Tamo daleko’ als Symbol dafür, dass wir egal wo wir sind, ein Stück Geschichte mit uns tragen.”

“Einverstanden”, sagte Emily, während sie ihr Handy zückte, um das Lied zu suchen. “Ich lade es gleich herunter, damit wir es auf hoher See hören können.”

Milena lächelte dankbar. “Danke, dass ihr das mit mir teilt. Es bedeutet mir viel.”

Oma Rinka, wenn du das noch sehen könntest..., schoß es ihr durch den Kopf, und ein wehmütiges, aber hoffnungsvolles Gefühl stieg in ihr auf.

Als sie weitertranken, fühlten sie alle drei eine tiefe Verbundenheit—mit der Musik, mit den Geschichten von Flucht und Hoffnung, und miteinander. Vielleicht war es ein simpler Eiskaffee, aber in diesem Augenblick fühlte es sich an wie ein weiteres wichtiges Puzzleteil in ihrem gemeinsamen Abenteuer.

Als sie schließlich ihre Tassen geleert hatten, schlug Peter vor, noch mehr Proviant für die Weiterfahrt zu besorgen. "Wir brauchen Brot, ein paar Konserven, vielleicht ein bisschen Schafskäse, Oliven... Was meint ihr?"“

Milena war sofort dabei. „Ich liebe die griechischen Oliven, Feta, Tomaten – das kann ich ewig essen.“

„Dann lass uns nachher auf den Markt gehen“, sagte Emily. „Außerdem könnten wir noch ein bisschen Diesel bunkern, falls der Wind mal nachlässt. Sicher ist sicher.“

Nachdem sie sich gestärkt hatten, schlenderten sie weiter durch die Altstadt. An einer alten Festungsmauer verweilten sie und genossen den Ausblick auf das glitzernde Meer. Peter erzählte von früheren Griechenlandreisen, Emily schwärmte von einer Wanderung im Hinterland Korfus, die sie einmal unternommen hatte. Milena hingegen saugte jeden Moment in sich auf, ließ die fremde, doch faszinierende Atmosphäre auf sich wirken.

Sie merkten jedoch bald, dass die Müdigkeit der Nachtfahrt sie einholte. Nach einem ausgiebigen Bummel durch Läden und Märkte – wo sie reichlich Lebensmittel einkauften – kehrten sie zum Boot zurück. Dort breiteten sie ihre Einkäufe aus, verstauten alles in den Schränken und Kühlfächern. Ein leichtes Gefühl von Heimeligkeit stellte sich ein, als wäre das Boot inzwischen ihr Zuhause.

„Wie wäre es, wenn wir heute Nacht noch hier bleiben und morgen früh weitersegeln?“, schlug Peter vor. „Dann sind wir ausgeruht, haben einen schönen Abend auf Korfu und können bei Sonnenaufgang in See stechen.“

Emily und Milena waren sofort einverstanden. Ihnen gefiel der Gedanke, noch eine Nacht lang die Insel zu genießen. Also machten sie den Entschluss fest, verbrachten einen lauen Sommerabend auf einer kleinen Restaurantterrasse, probierten Souvlaki, Tzatziki und griechischen Wein. Milena hatte das Gefühl, in einem Traum zu leben, so unwirklich schön war alles.

Kapitel 20: Weiter nach Athen

Der nächste Tag begann mit dem Ruf der Möwen und dem sanften Licht, das durch die Luke in Milenas Koje fiel. Sie streckte sich, kletterte an Deck und sah Emily, die bereits den Duft von Kaffee aus der kleinen Kombüse verbreitete.

„Kalimera! Guten Morgen!", rief Emily mit einem Lachen.

Milena grinste verschlafen. „Kalimera. Ich komme mir fast vor wie in einer Postkarte."

Wenig später frühstückten sie an Bord und legten ab. Der Hafen war um diese Zeit noch ruhig, nur wenige Segler stachen so früh in See. Mit einem Ruck glitt das Boot in die Weiten des Wassers, Korfu verblieb hinter ihnen als schwindende Silhouette mit seinen alten Festungen.

Der Wind war frisch, stärker als am Vortag, was das Segeln erleichterte. Peter stellte die Segel optimal ein, und das Boot nahm mit Leichtigkeit Fahrt auf. Milena spürte die Kraft des Windes, das gleichmäßige Schaukeln unter ihren Füßen, das sie mittlerweile nicht nur gewohnt war, sondern regelrecht genoss.

Wahnsinn, wie sehr ich mich ans Leben auf See gewöhnt habe, dachte sie und empfand eine leise Aufregung über das, was noch kommen würde.

Während der Fahrt erzählte Emily von ihrer Kindheit in den USA, von Wanderungen in den Rocky Mountains, von den endlosen Weiten, die ihr schon früh ein Gefühl von Freiheit gaben. Als sie Peter kennenlernte, hatte er sie mit seiner Begeisterung für das Segeln angesteckt, und sie war bereitwillig in dieses abenteuerliche Leben eingetaucht.

Milena hörte aufmerksam zu, dann erzählte sie selbst – von ihrem Leben in Karlsruhe, von ihrer Ehe, ihren Söhnen und wie sie all die Jahre ein unterschwelliges Gefühl begleitete, dass da noch mehr sein musste. Und jetzt war sie hier, auf einem Segelboot mitten im Mittelmeer, ohne zu wissen, wo ihr Weg sie letztendlich hinführen würde.

Die Reise zog sich über mehrere Tage. Sie segelten entlang der ionischen Inseln, machten Halt an abgelegenen Buchten mit türkisfarbenem Wasser, entdeckten kleine Tavernen mit frischem Fisch und hausgemachtem Wein. Die Tage verschwammen ineinander, eine Abfolge von Sonne, Wind und Meer. Mal blies die Brise kräftig und trieb sie mühelos voran, mal flaute sie ab, sodass Peter den Motor zur Unterstützung anwarf.

Sie ankerten in versteckten Buchten, wo der Strand menschenleer war und das Wasser so klar, dass sie die Fische unter ihnen sehen konnten. An einem dieser Abende saßen sie zusammen auf Deck, ließen ihre Füße über die Reling baumeln und beobachteten, wie die untergehende Sonne das Meer in flüssiges Gold verwandelte.

„Ich könnte ewig so weiterreisen", sagte Emily irgendwann und seufzte zufrieden.

Milena nickte. Sie konnte sich nicht erinnern, wann sie das letzte Mal so frei gefühlt hatte.

Schließlich erreichten sie die Südküste Attikas. Der Wind hatte nachgelassen, sodass der Motor unterstützte, während sie sich ihrem letzten Zwischenstopp näherten.

„Bevor wir nach Athen einlaufen, sollten wir noch einen Abstecher zum Kap Sounion machen", schlug Peter vor. „Dort steht der Poseidontempel, und der Sonnenuntergang ist legendär."

Milena war sofort begeistert, und auch Emily nickte eifrig. „Perfekt. Ein würdiger Abschluss dieser Etappe."

Am späten Nachmittag ankerten sie in einer kleinen Bucht unterhalb der Klippen. Hoch über ihnen erhoben sich die Säulen des antiken Tempels, vom warmen Abendlicht in ein goldfarbenes Leuchten getaucht.

„Was für ein Anblick...", flüsterte Milena.

Emily stellte den Motor ab, und um sie herum breitete sich eine friedliche Stille aus. Der Tempel wirkte majestätisch, wie ein Wächter über dem Meer.

„Wenn ihr wollt, können wir kurz mit dem Beiboot an Land", schlug Peter vor. „Oder wir genießen den Sonnenuntergang von hier."

Nach kurzem Überlegen entschieden sie sich für einen kurzen Landgang. Sie ruderten ans Ufer, stiegen den felsigen Pfad hinauf und standen wenig später auf der Anhöhe, wo der Tempel seit über zweitausend Jahren den Blick auf die Ägäis überblickte.

„Stellt euch vor, wie vor Jahrhunderten Seefahrer diesen Ort als Zeichen der Heimkehr sahen", sagte Emily leise.

„Oder als letzten Gruß an die Heimat, bevor sie hinaus in die Ungewissheit segelten", fügte Peter hinzu.

Milena stand still, den Wind in den Haaren, das Meer tiefblau unter ihr, die untergehende Sonne, die langsam die Welt in ein warmes Orange tauchte. Es war einer dieser Momente, in denen sich Vergangenheit und Gegenwart berührten, in denen man sich eingebettet fühlte in eine Geschichte, die größer war als das eigene Leben.

Sie blieben, bis die Sonne im Meer versank und nur noch ein rötlicher Schimmer am Horizont übrig blieb.

Schließlich kehrten sie aufs Boot zurück, nahmen Kurs auf Athen. Die letzten Meilen verliefen ruhig, das Boot glitt durch die Dunkelheit, während die ersten Lichter der Stadt am Horizont auftauchten.

Peter steuerte die Marina in Piräus an, wo sie gegen späten Abend anlegten. Die Geräusche der Stadt wirkten nach den stillen Tagen auf See beinahe fremdartig – Stimmen, Motoren, Musik aus den Tavernen.

„Wir haben es geschafft!", rief Emily und klatschte in die Hände.

„Ja", bestätigte Milena mit einem Lächeln. „Und was für eine Reise. Ich glaube, dieser Sonnenuntergang war das i-Tüpfelchen."

„Dann lasst uns morgen Athen erkunden", schlug Peter vor. „Aber jetzt brauchen wir erstmal was zu essen."

Lachend stimmten sie zu. Und während sie die Leinen sicherten und das Deck aufräumten, dachte Milena an den goldenen Schein am Kap Sounion, an die Jahrtausende alten Steine, die den Blick über das Meer gerichtet hielten – als wüssten sie, dass es immer ein Weitergehen gibt.

Kapitel 21: Zwischen Antike und Tanz

Die ersten Sonnenstrahlen fielen durch die Vorhänge ihrer kleinen Kabine, als Milena am nächsten Morgen im Jachthafen von Athen aufwachte. Noch leicht benommen richtete sie sich auf und rieb sich den Schlaf aus den Augen. Mit jedem Atemzug erfüllte sie ein neues Gefühl der Vorfreude: Heute würde sie die Stadt erkunden, die sie bisher nur aus Büchern und Erzählungen kannte.

Während sie sich anzog, hörte sie bereits leise Stimmen und ein Knistern von Geschirr an Deck. Sie trat hinaus und fand Emily und Peter, die sich an einem kleinen Camping-Gaskocher zu schaffen machten. Die Luft roch nach Kaffee und frischem Toast.

„Morgen!", sagte Emily fröhlich und reichte Milena eine dampfende Tasse. „Geschlafen wie ein Stein? Oder wie ein vom Meer geschaukelter Fisch?"

Milena lachte. „Ein bisschen von beidem. Irgendwann habe ich den nächtlichen Hafenlärm kaum noch wahrgenommen. Ich freu mich auf den Tag."

Peter klappte eine Straßenkarte von Athen auf, die er am Vorabend erstanden hatte. „Also, hier ist die Akropolis. Wenn wir jetzt losgehen oder ein Taxi nehmen, sind wir in einer halben Stunde dort. Dann können wir das Akropolismuseum besuchen und anschließend in die Altstadt, die Plaka. Klingt das gut?"

Die beiden Frauen nickten begeistert. Innerhalb weniger

Minuten hatten sie ihr Frühstück beendet und sich startklar gemacht. Das Boot blieb in der sicheren Obhut der Marina zurück, während sie sich voller Neugier in den Trubel der Großstadt stürzten.

Der Weg zur Akropolis führte sie durch enge Straßen und vorbei an modernen Gebäuden, bis plötzlich alte Mauern und antike Ruinen auftauchten. Milena spürte mit jedem Schritt ihr Herz schneller klopfen – sie hatte viel von der Akropolis gelesen, Bilder gesehen, Dokumentationen geschaut. Nun stand sie wirklich davor.

Ich kann kaum glauben, dass ich diesen Ort endlich mit eigenen Augen sehe, fuhr es Milena durch den Kopf, als sie den heiligen Felsen hinaufgingen.

„Faszinierend", hauchte sie, als sie den heiligen Felsen hinaufgingen. „Jahrtausende Geschichte, hier in diesen Steinen."

Peter und Emily teilten ihre Begeisterung, auch wenn sie die Akropolis bereits kannten. Sie lächelten Milena an, die fast ungläubig auf die mächtigen Säulen des Parthenon starrte, dessen Marmor in der Morgensonne leuchtete. Immer wieder blieb sie stehen, um Details zu bestaunen: die frisenartigen Verzierungen, die gewaltige Struktur, die Spuren der Witterung.

„All die Menschen, die hierher pilgerten", sagte sie leise, „Philosophen, Dichter, Heerführer... Und jetzt wir, ganz normale Reisende, die von weit her kommen."

„Es zeigt, wie die Zeit uns verbindet", ergänzte Emily. „Wir alle sind Teil derselben Menschheitsgeschichte."

Sie spazierten über die antiken Stätten, machten Fotos und lauschten den Erklärungen eines Guides, der lautstark über die Göttermythen sprach. Auch wenn sie dem Mann nur halb zuhörten, war seine Begeisterung ansteckend. Milena sog jede Information auf, konnte aber kaum begreifen, dass sie tatsächlich inmitten dieses Weltkulturerbes stand.

Später, als die Sonne bereits hoch stand, machten sie sich auf den Weg zum nahegelegenen Akropolismuseum. In dem modernen Glasbau, der teilweise über Ausgrabungsresten errichtet ist, tauchten sie in die Geschichte des antiken Athen ein. Statuen, Vasen, Marmortafeln – alles erzählte von längst vergangenen Epochen.

Milena staunte über die griechische Kunst, die feinen Details der Statuen, die beeindruckenden Friese. An einer Vitrine mit Keramikgefäßen blieb sie besonders lange stehen. „Sieh dir diese Muster an“, flüsterte sie zu Emily. „Jeder Strich scheint eine Geschichte zu haben.“

„So ist es mit vielen Kulturen“, meinte Emily. „Kunst und Alltagsgegenstände verschmelzen. Und wir, Jahrhunderte später, können nur erahnen, was sie damals bedeuteten.“

Die Zeit verging wie im Flug. Als sie das Museum verließen, merkten sie erst, wie hungrig sie waren. Doch anstatt direkt essen zu gehen, schlugen sie den Weg durch einige Nebengassen ein, in der Hoffnung, ein paar weniger touristische Ecken zu entdecken.

Der Abend brach rasch an, und sie hatten Hunger. Ein Reiseleiter, den sie kurz auf der Straße befragten, empfahl ihnen eine urige Taverne in einer belebten Gasse. Sie folgten der Wegbeschreibung und standen bald vor einem Lokal, aus dem laute Musik und Gelächter drang. Lange Holztische, dicht aneinander gereiht, schwitzende Kellner, die Ouzo und Rotwein brachten, ein Durcheinander aus Tellerklappern und Stimmen – hier pulste das griechische Leben.

Kaum hatten sie sich an einen Tisch gesetzt, brachte man ihnen Wasser, Brot und Oliven. Sie bestellten Souvlaki, gegrilltes Gemüse, Feta-Salat und eine Karaffe Weißwein. Die Stimmung war ausgelassen; an den Nachbartischen stießen wildfremde Menschen miteinander an, lachten laut, als wären sie längst befreundet.

Plötzlich summte Milenas Handy in ihrer Tasche. Sie kramte es hervor und sah, dass es ein Video-Aufruf von Ljubica war. Erstaunt und erfreut nahm sie ab, das Handy in der Hand, während Emily und Peter sich neugierig herüberbeugten.

„Ljubica!", rief Milena laut. „Wie geht es dir? Bist du in Belgrad?"

Die Kamera zeigte Ljubicas grinsendes Gesicht. „Ja, ich bin zu Hause... und ich habe großartige Neuigkeiten!", begann sie, wirkte dabei so aufgeregt, dass sie kaum stillsitzen konnte.

„Oh, sag schon!", rief Emily. Auch Peter beugte sich näher heran, winkte ins Bild.

„Ich habe die Rolle bekommen!", platzte Ljubica heraus. „Stellt euch vor, sie wollen mich wirklich auf der Bühne sehen! Ich kann es selbst kaum glauben..."

Ein lautes Kreischen kam über Milenas Lippen, und Emily und Peter stimmten mit ein. Dieses Freudengeschrei zog sofort die Aufmerksamkeit der anderen Gäste auf sich. Verwundert drehten sich Köpfe, doch als sie sahen, dass hier offenbar ein freudiger Anlass vorlag, hoben einige Griechen spontan ihre Gläser hoch.

„Bravo!", rief jemand in gebrochenem Englisch, und Milena lachte, während sie das Handy hochhielt, damit Ljubica das gespannte Publikum sehen konnte. Die Leute an den Tischen ringsum winkten und prosteten in die Kamera, ohne genau zu wissen, worum es ging. Doch die Freude war ansteckend.

Ljubica selbst lachte und weinte fast zugleich. „Ach, ich wünschte, ich könnte euch umarmen. Das musste ich euch sofort sagen!"

„Wir sind so stolz auf dich!", rief Milena. „Du hast es gewagt, und sie haben deinen Wert erkannt. Ich wusste es!"

„Genial!", fügte Peter hinzu. „Wir feiern hier in einer griechischen Taverne, und jetzt feiern wir noch mehr – mit dir in Gedanken."

„Genau", bestätigte Emily. „Wenn du mal Zeit hast, komm zu uns nach Athen, wir holen dich ab.", witzelte sie.

Die Taverne war mittlerweile in Hochstimmung, als hätten alle verstanden, dass da eine Frau auf dem Handy-Bildschirm etwas Großartiges verkündet hatte. Man hob nochmals die Gläser, rief „Opa!" und prostete durcheinander zu. Ljubica winkte, Tränen in den Augen, während sie sich verabschiedete.

„Ich danke euch! Wir sehen uns bald, versprochen. Genießt euer Abendessen!"

Milena beendete den Anruf, und für einen Moment blieben sie in einem euphorischen Schweigen. Glück schien den Raum zu erfüllen, so dicht, dass man es hätte greifen können.

Kaum war das Gespräch beendet, stürmten plötzlich ein paar Musiker in die Taverne – Gitarren, Bouzoukis, eine Trommel. Rasch wechselte die Stimmung von lautem Durcheinander zu einem organisierten Rhythmus, der sich wie ein Puls im Raum ausbreitete. Frauen in weiten, bunten Röcken begannen zu tanzen, einer nach der anderen zog Gäste von ihren Plätzen.

„Oh oh, jetzt wird es ernst", grinste Emily. „Ich glaube, wir werden gleich verhaftet."

„Wie meinst du das?", fragte Milena, während sie das bunte Treiben beobachtete.

Doch schon kam eine resolute Griechin, mit dunklen Haaren und einem fröhlichen Lächeln, auf sie zu, packte Milenas Hand und zog sie hoch. Milena versuchte sich noch zu wehren, aber die Frau ließ nicht locker. „Ela, ela!", rief sie, was so viel wie „Komm mit!" bedeutete.

Kann ich das überhaupt? Ich habe doch nie wirklich getanzt... fuhr es Milena im ersten Moment durch den Kopf, doch dann warf sie alle Bedenken über Bord.

Emily und Peter lachten, als sie sahen, wie Milena fast widerstandslos in den improvisierten Tanzkreis gezogen wurde. Andere Leute bildeten eine Reihe, hielten sich an den Händen und traten rhythmisch, stampften, drehten sich. Die Musik peitschte den Takt, die Stimmen johlten.

Bevor sie wusste, wie ihr geschah, bewegte sich Milena in einer Kette aus Fremden und Freunden, die sich im Kreis drehte, vor und zurück wippte. Ihr Herz hämmerte. Sie schämte sich kurz, fühlte sich ungelenk, doch die Begeisterung war so stark, dass sie sich schließlich fallen ließ in diesen Sog des Tanzes. Peter und Emily gesellten sich auch dazu, reichten sich die Hände, lachten und hopsten, bis Schweißperlen auf ihren Stirnen glitzerten.

Minutenlang ging das so, oder waren es Stunden? Der Wein, die Musik, die fremden Gesichter – alles verschmolz zu einem Rausch. Milena spürte ein brennendes Glücksgefühl, auch wenn sie schon beinahe außer Atem war. Sie hätte nie gedacht, dass sie so mit fremden Leuten um die Wette tanzen würde.

Irgendwann, als die Musik endete und lautes Klatschen und Jubeln folgte, ließ die resolute Griechin Milenas Hand los, zwinkerte ihr zu und verschwand wieder in der Menge. Völlig aufgeheizt und außer Puste wankte Milena zurück zu ihrem Tisch, wo Emily und Peter ebenfalls nach Luft schnappten.

„Was… war… das?“, keuchte Milena und lachte ungläubig.

„Das Leben!“, rief Emily. „Und du hast’s gemeistert.“

Peter hob sein Weinglas. „Also, darauf noch ein Schluck!“

Sie prosteten sich zu, und Milena spürte eine unbändige Wärme in ihrem Inneren – eine Mischung aus Glück, Überraschung und Stolz auf sich selbst.

Als sich die Aufregung legte und die Musik wieder in einen ruhigeren Takt überging, rückten sie einander näher. Mit geröteten Wangen beugte sich Milena vor und sagte leise: „Ihr habt mich wirklich überwältigt. Wisst ihr, Tanzen war immer eine Sache, vor der ich Angst hatte. Ich hab es mir so oft gewünscht, mal einen richtigen Tanzkurs zu machen, aber immer gezögert… Ich fühlte mich zu alt, zu steif, zu unsicher…"

Emily legte ihren Arm um Milenas Schulter. „Na, dann kennst du dein nächstes Ziel. Du bist offiziell verpflichtet, dich in Karlsruhe für einen Tanzkurs anzumelden!"

Peter nickte feierlich. „Wenn du es nicht tust, werden dich die griechischen Götter vom Olymp bestrafen."

Milena lachte laut, eine befreiende Art von Lachen. „Abgemacht. Ich werde es wirklich tun. Kein Zurück mehr."

Damit war ihr Entschluss besiegelt. Der Rest des Abends verging in einem Gefühl von Gemeinschaft und unbändigem Lebensmut. Sie plauderten, tranken noch ein Glas Wein, stießen mit den benachbarten Tischen an und waren, als sie endlich nach Mitternacht aufbrachen, erfüllt von einer tiefen Zufriedenheit.

Draußen war die Luft noch warm, die Sterne über Athen funkelten. Milena sah hinauf, atmete durch und lächelte. Sie spürte in sich eine neue Energie, eine Entschlossenheit, mehr aus ihrem Leben zu machen und es intensiver zu gestalten – so lebhaft wie der Tanz, in dem sie sich gerade gefunden hatte.

„Lasst uns schlafen gehen", sagte Emily verschmitzt, „bevor wir uns noch mehr alte Ängste abtrainieren und hier die ganze Nacht durchtanzen."

Peter und Milena lachten. Arm in Arm schlenderten sie zurück durch die lauten Gassen der nächtlichen Stadt, die nicht zu schlafen schien. Unten in der Marina wartete das Boot, sanft schaukelnd. In diesem Moment war das Leben für Milena ein einziger, strahlender Reigen – und sie war endlich bereit, sich ganz darauf einzulassen.

Kapitel 22: Heimkehr nach Karlsruhe

Als Milena an diesem Morgen die Augen öffnete, spürte sie als erstes leichte Kopfschmerzen. Nicht unangenehm stark, eher wie ein dumpfes Rauschen, das an die ausgelassenen Feiern der vergangenen Nacht erinnerte. Irgendwo über ihr hörte sie ein leises Rumpeln, als ob sich jemand an Deck bewegte - sie war immer noch auf dem Segelboot im Athener Hafen.

Ein Lächeln stahl sich auf Milenas Gesicht, als die Ereignisse des vergangenen Abends an ihr vorbeizogen: die Taverne, die Fremden, die sie zum Tanzen mitgenommen hatten, das laute Gelächter und der Moment, als sie die Hand der resoluten Griechin nicht loslassen konnte. Sie seufzte. Fühlte sich erschöpft, ein wenig benommen - aber gleichzeitig unendlich glücklich und befreit.

Sie streckte sich, zog sich an und kletterte langsam an Deck. Die Sonne hatte bereits Kraft, aber ein milder Wind wehte vom Meer herüber. Dort entdeckte sie Emily, die mit verwehten Haaren und einem Glas Wasser in der Hand an der Reling lehnte.

„Kalimera", sagte Emily und lächelte. „Na, fühlst du dich so verkatert wie ich?"

Milena zuckte mit den Schultern. „Ein bisschen Kopfweh, ein bisschen Muskelkater, aber eigentlich... total ausgeglichen. Es war ein grandioser Abend."

Emily reichte ihr eine Flasche Wasser. „Trink das erst mal. Das hilft. Peter ist gerade in der Stadt, will noch ein paar Dinge besorgen. Hast du gut geschlafen?“

„So gut wie lange nicht mehr“, gab Milena zu. Sie setzte sich auf eine kleine Bank und genoss das Spiel der Sonnenstrahlen auf dem Wasser. Ein stiller Moment – nur das entfernte Summen der Großstadt, das Geschrei der Möwen. „Aber weißt du, Emily, ich glaube, meine Reise geht zu Ende. Ich habe das starke Gefühl, dass ich zurück nach Karlsruhe muss.“

Emily hob überrascht die Augenbrauen. „Wirklich? So schnell?“

„Ja, es kam über Nacht. Ich habe das Gefühl, ich habe gefunden, was ich gesucht habe – ohne es vorher zu wissen. Ich fühle mich… erfüllt. Und nun zieht es mich zurück, in mein Leben, das sich verändern soll.“

Emily setzte sich neben sie. „Ich verstehe. Irgendwie merkte ich schon, dass du eine Entscheidung in dir trägst. Also willst du heute schon fliegen?“

Milena nickte. „Wenn es geht, ja. Ich habe spontan an einen Flug nach Stuttgart gedacht, dann könnte ich mit dem Zug weiter nach Karlsruhe. Und morgen erwache ich in meiner eigenen Wohnung. Ein bisschen verrückt, oder?“

„Nein, gar nicht. Es ist genau das, was du fühlen sollst. Ich helfe dir gern, einen Flug zu buchen.“

Ein warmes Lächeln wanderte über Milenas Gesicht. „Danke.“

In den nächsten Minuten kramten sie Emilys Smartphone hervor und suchten nach verfügbaren Flügen. Tatsächlich fanden sie eine Verbindung am späten Nachmittag, direkt nach Stuttgart. Emily buchte für Milena; der spontane Preis war etwas höher, aber das störte Milena nicht. Sie war sicher: Jetzt war der richtige Moment.

Gerade als sie die Buchung abschließen wollten, kam Peter zurück. Er trug eine Tüte mit griechischen Süßigkeiten unter dem Arm. „Ich war kurz in der Bäckerei und im Supermarkt", sagte er strahlend, bevor er die verwirrten Gesichter von Emily und Milena bemerkte. „Habe ich etwas verpasst?"

„Milena hat sich entschlossen, heute abzureisen", erklärte Emily. „Wir haben gerade einen Flug gebucht."

Einen Augenblick stand Peter stumm da, dann legte er die Tüte vorsichtig beiseite. „Oh...", sagte er leise. „Das... überrascht mich. Gehst du direkt heim nach Karlsruhe?"

Milena trat zu ihm und berührte sacht seinen Arm. „Ja, es ist einfach Zeit für mich. Ich fühle mich so... voll, so reich an Eindrücken. Und ich merke, da wartet noch etwas auf mich. Mein Alltag – aber ein neuer Alltag, verstehst du?"

Peter atmete durch und schenkte ihr ein schiefes Lächeln. „Klar verstehe ich das. Ich bin nur traurig, weil wir uns so gut verstanden haben. Aber ich respektiere es. Und ehrlich gesagt, bewundere ich deine Spontanität und deinen Mut."

Gemeinsam setzten sie sich auf das kleine Deck und griffen sich die frischen Süßigkeiten. Bei Tee und Gebäck tauschten sie

Erinnerungen an die letzten Tage aus. Immer wieder musste jemand kichern, wenn sie an die gestrige Tanzszene dachten, an das Lachen der Griechen oder an Ljubicas Freudenschrei über FaceTime.

Da Milenas Flug erst am Nachmittag ging, entschieden sie sich, den verbleibenden Vormittag für einen Spaziergang zu nutzen. Sie schlenderten nochmals durch die Straßen nahe dem Hafen, nahmen die Metro in die Innenstadt und ließen sich treiben. Die Hitze war bereits drückend, doch ein sanfter Wind machte es erträglich.

Auf einem kleinen Markt entdeckte sie einen Stand mit Gewürzen und Kräutern. Der Duft von getrocknetem Thymian, Oregano und Rosmarin strömte ihr entgegen. Ein Lächeln huschte über ihr Gesicht. „Weißt du noch?“, sagte sie leise zu Emily und Peter, als sie ein Säckchen Thymian in die Hand nahm. „Der Duft von Thymian hat mich damals in Karlsruhe auf den Gedanken gebracht, endlich aufzubrechen.“

Ohne lange zu überlegen, kaufte sie ein kleines Bündel Thymian – als wäre dies eine symbolische Geste, um ihre Reise zu besiegeln. „Das nehme ich mit nach Hause“, sagte sie. „Eine Erinnerung an all das hier.“

Peter umarmte sie spontan. „Ich wünschte, wir könnten weiterhin jeden Tag zusammen umherstreifen. Aber ich weiß, du musst zurück. Vielleicht sehen wir uns bald wieder – in Deutschland, Griechenland, Serbien, wer weiß?“

Milena nickte. „Wer weiß, was das Schicksal bereithält? Und das Thymian-Bündel erinnert mich daran, dass ich jederzeit wieder aufbrechen kann."

Gegen Nachmittag machten sie sich auf den Weg zum Flughafen. In einem Taxi fuhren sie quer durch das Straßengewirr Athens, bis schließlich die Terminal-Gebäude auftauchten. Milena spürte ein leichtes Ziehen im Bauch, eine Mischung aus Aufbruchseuphorie und Wehmut. Emily hielt ihre Hand, während Peter bezahlte.

Am Gate angekommen, machte sich langsam ein Abschiedsgefühl breit. Das Schwierigste war der Moment, als sie direkt vor der Sicherheitskontrolle standen.

„Na, dann…", sagte Milena mit belegter Stimme. „Die Zeit ist wirklich gekommen."

Peter räusperte sich und kramte aus der Tasche ein zusammengerolltes Papier – ein ausgedrucktes Ticket. „Hier, dein Boarding Pass."

„Danke." Milena lächelte ihm zu, dann griff sie in ihre eigene Tasche und zog das dünne Büchlein hervor, das sie in Wien erstanden hatte – den Notenband mit serbischen Liedern. „Hier, das möchte ich euch geben."

Emily blinzelte verwirrt. „Aber das ist doch dein Erinnerungsstück?"

„Vielleicht dachte ich das anfangs", sagte Milena sanft. „Doch nun glaube ich, dass es für euch bestimmt ist. Peter, du hast einen Draht zu dieser Musik. Und immer wenn du 'Tamo daleko' anstimmst, kannst du an mich denken – und an unsere Reise. Es wird dich vielleicht motivieren, weiterzuziehen, wenn die Sehnsucht in dir ruft."

Peter wollte etwas entgegnen, doch ihm verschlug es die Worte. Er senkte den Blick, nahm das Büchlein zögernd. „Ich weiß nicht... du hast es in Wien gekauft, es ist dein Schatz."

„Und jetzt wird es euer Schatz.", beharrte Milena. „Manchmal finden Dinge erst im richtigen Moment ihren Besitzer."

In diesem Augenblick umarmte Peter sie stürmisch, und Emily fiel ebenfalls in diese Umarmung. Milena spürte, wie ihre Augen feucht wurden. Sie wischte sich rasch eine Träne fort. „Schon gut... wir sehen uns wieder. Die Welt ist nicht so groß, wie wir immer denken."

Mit zitternden Fingern griff sie nach ihrem Pass und dem Boarding Pass. Hinter ihr wartete bereits eine kleine Schlange an Passagieren. „Also dann", sagte sie tapfer.

„Warte", rief Emily plötzlich. „Wir müssen dich standesgemäß verabschieden!"

Und ohne jede Scham stimmte sie 'Tamo daleko' an, mit leiser Stimme. Peter fiel ein, anfangs unsicher, doch dann wurden sie lauter, ihr Gesang hallte im Abflugbereich. Milena lachte durch die Tränen, winkte ihnen zu, während sie rückwärts in Richtung Kontrolle ging. Eine Szenerie so absurd wie rührend: zwei Personen, die ein serbisches Lied singen, mitten am Athener Flughafen, und eine Frau mit glänzenden Augen, die ihr Herz fast nicht fassen konnte.

Mit einem letzten Blick drehte sie sich um und verschwand im Sicherheitsbereich, während ihre Ohren noch Emilys und Peters Gesang vernahmen.

Der Flug nach Stuttgart dauerte knapp drei Stunden. Milena schaute aus dem Fenster, sah Wolkenfelder, glitzernde Flüsse und dachte an ihre Reise nach Wien, die sie damals per Zug angetreten hatte. Dieses Mal kehrte sie jedoch als eine andere Person zurück – eine, die gelernt hatte, dass das Leben voller Überraschungen steckt und man sie nur annehmen muss.

Als sie schließlich in Stuttgart landete, war es bereits dunkel. Ein feiner Regen ließ das Rollfeld glänzen. Während Milena ihr Gepäck aus der Ablage zog und den Gang entlangging, atmete sie die kühle, feuchte Luft Deutschlands ein. Es fühlte sich fremd und vertraut zugleich an.

Am Bahnhof stieg sie in den Zug nach Karlsruhe, die Scheiben beschlugen vom Nieselregen. Um Mitternacht erreichte sie die Stadt, die jahrelang ihre Heimat gewesen war. Sie nahm sich ein Taxi und ratterte durch die leeren Straßen, bis sie vor ihrer Wohnung stand. Im Schein der Straßenlaterne wirkte das Haus so, als hätte es sie all die Zeit geduldig erwartet.

Vorsichtig schloss sie ihre Tür auf. Drinnen schlug ihr ein vertrauter Geruch entgegen – eine Spur von Thymian, Lavendel und alten Büchern. Sie lehnte sich an die Tür, machte die Augen zu und seufzte. „Wahnsinn...“, flüsterte sie in die Stille, „was für eine Reise.“

Sie zog Schuhe und Jacke aus, stellte die Heizung an, um die Kälte der Nacht zu vertreiben. Eigentlich wollte sie nur kurz duschen und schlafen, doch als sie ins Wohnzimmer trat, warf sie automatisch den Fernseher an – ein alter Reflex, den sie seit Sashas Zeiten hatte.

Auf dem Bildschirm flimmerte ARTE, und eine Dokumentation über Marcus Aurelius lief, begleitet von ruhiger Musik. Milena setzte sich auf das Sofa, griff in ihre Tasche und holte Gabriels Geschenk hervor – die *„Selbstbetrachtungen“* Mark Aurels. Sie blätterte gedankenverloren durch die Seiten.

Mögest du auf deiner Reise sowohl in der Welt als auch in dir selbst neue Ufer entdecken, hatte Gabriel geschrieben. Milena lächelte versonnen, streichelte über die Widmung. Sie fühlte, dass sie tatsächlich neue Ufer entdeckt hatte – in der Welt, durch Wien, Serbien, Montenegro, Korfu, Athen, und in sich selbst, durch jeden Schritt, den sie gewagt hatte.

Die Müdigkeit schlug zu, kaum dass sie ein paar Zeilen gelesen hatte. Der Kopfschmerz war beinahe verflogen, und nun fiel eine bleierne Erschöpfung über sie. Sie kuschelte sich in eine Decke, ließ den Dokumentarfilm weiterlaufen, während ihre Augen zufielen.

Noch bevor sie in den Schlaf glitt, kreisten ihre Gedanken um Thymian, um den Tempel am Kap Sounion, um Viktor und die Frage, ob sie ihn jemals wiedersehen würde. Doch vor allem spürte sie Frieden – ein tiefes, stimmiges Gefühl, dass das Leben, genau wie sie es jetzt hielt, ein Geschenk war. Mit einem letzten, seligen Seufzer sank sie in einen ruhigen Schlaf.

Kapitel 23: Aufbruch in den eigenen vier Wänden

Die Morgensonne, die durch die Vorhänge drang, weckte Milena in ihrer vertrauten Wohnung in Karlsruhe. Sie war spät am Vorabend heimgekommen, noch völlig benommen von der langen Reise und dem nächtlichen Ankommen. Nun, am ersten Morgen zurück in ihren eigenen vier Wänden, spürte sie das eigenartigste Gefühl: Sie war daheim, ja – doch irgendetwas fühlte sich fremd an.

Sie richtete sich im Bett auf, blinzelte ins Halbdunkel und lächelte zunächst. Dann merkte sie, dass etwas in ihr nach Veränderung schrie. Der Gedanke ließ sie nicht los, während sie aufstand und barfuß durchs Wohnzimmer schlurfte. Hier hingen noch die alten Bilder, die Deko, die immer an denselben Stellen gelegen hatte. Alles wirkte wie stillgestellte Erinnerung an ein früheres Leben.

Widerstrebend strich Milena über den Couchtisch, der voller Fotos und Souvenirs stand. Ihr Blick blieb an dem Porträt ihres verstorbenen Mannes Sasha hängen, das neben einer kleinen Porzellanfigur thronte. Sie liebte dieses Bild – es hatte sie durch die Trauer begleitet. Doch jetzt... spürte sie ein Unbehagen.

„Was ist mit mir los?", fragte sie sich halblaut. „Gestern war ich so glücklich über meine Rückkehr, und heute fühle ich mich seltsam rastlos."

Einmal durchs Zimmer gehend, blieb sie immer wieder an

Kleinigkeiten hängen. Wo sie früher an Gewohnheit festhielt, wuchs nun der Wunsch, alles zu verändern. Sie dachte an ihre Reise, an Montenegro, an Korfu, an Athen – überall hatte sie sich unwohl gefühlt in der Vergangenheit, hatte sie loslassen müssen, um sich auf Neues einzulassen. „Vielleicht ist es das", flüsterte sie. „Ich bin nicht mehr dieselbe. Und diese Wohnung ist noch die alte."

Kurz entschlossen stiefelte sie in den Keller und kramte zwei große Umzugskartons heraus. „Wozu noch aufschieben?", murmelte sie. „Ich brauche Platz für das Neue." Sie hievte die Kisten nach oben und machte sich zielstrebig daran, die Bilder von den Wänden abzuhängen. Zuerst jene Fotos, die längst vergilbt waren. Dann eine Reihe kleiner Wandteller, die sie einst gesammelt hatte. Sie musste lächeln, als sie das tat – denn plötzlich empfand sie eine seltsame Erleichterung.

Es dauerte eine Weile, bis sie merkte, wie der Hunger an ihr nagte. Sie hatte noch nichts gegessen oder getrunken. „Du bist verrückt, Milena", sagte sie kopfschüttelnd zu sich selbst. Ein Blick auf die Uhr verriet ihr, dass es bereits gegen halb zehn war.

In der Küche bereitete sie rasch einen Kaffee zu. Der Duft von frisch gemahlenen Bohnen erfüllte den Raum. Auf die Schnelle machte sie sich einen kleinen Imbiss, belegte eine Scheibe Brot mit Käse und Tomaten. Sie fragte sich kurz, ob sie nicht doch erst hätte frühstücken sollen, ehe sie den halben Haushalt auseinander nahm.

Aber es war zu spät, die Aufräum- und Renovierwut hatte sie gepackt. Also verputzte sie ihr Brot im Stehen, trank den Kaffee halb in Eile und kehrte wieder zurück ins Wohnzimmer. Diesmal widmete sie sich den Bildern an den Wänden, die ihr besonders wichtig waren – Fotos von Sasha, von den Kindern in jüngeren Jahren. Sie blieben ihr kostbar, aber sie wollte sie aus der aktuellen Sicht herausnehmen, neu betrachten, vielleicht später einen anderen Platz dafür finden.

Die Möbel rückte sie zu Seite, räumte das Regal komplett leer. Das Wohnzimmer geriet in ein heilloses Durcheinander, und der Flur wurde zur Abstellkammer. Milena schnaufte, aber eine seltsame Freude ließ sie weitermachen. „Ja, raus aus der Vergangenheit", murmelte sie. „Ich fange von vorn an."

Gegen Mittag läutete es plötzlich an der Tür. Völlig verschwitzt und mit Staub in den Haaren öffnete Milena. Draußen stand ihre Nachbarin Linda, eine humorvolle Frau, die bereits seit einiger Zeit allein lebte und sich häufig nach Milena erkundigte.

„Du bist wieder da!", rief Linda und umarmte Milena herzlich. „Ich hab dich schon vermisst. Seit wann bist du zurück?"

„Erst letzte Nacht", antwortete Milena leicht keuchend. „Entschuldige mein Aussehen, ich bin mitten in einer... sagen wir, spontanen Renovierungsaktion."

Linda streckte den Kopf durch den Türspalt und ihr Gesicht zeigte Erstaunen, als sie das Chaos im Flur und Wohnzimmer sah. „Heiliger Bimbam, ist dir was passiert? Sieht ja aus, als hättest du eine Räumung gehabt."

Milena lachte auf. „Nein, nein. Alles gut. Ich habe nur das Bedürfnis, alles neu zu machen. Ich will renovieren, die Wandfarbe ändern, Möbel umstellen... kurz gesagt, mein Zuhause in ein anderes Leben holen."

Linda zog die Augenbrauen hoch und schmunzelte. „Direkt nach dem Urlaub? Du bist ja 'n Wirbelwind. Wenn du Hilfe brauchst, sag Bescheid. Ich hab Zeit."

„Das wäre super", meinte Milena spontan. „Ich könnte wirklich eine Hand gebrauchen. Zum Beispiel, wenn ich neue Wandfarben besorgen will... wir könnten zusammen in den Baumarkt fahren."

Linda nickte eifrig. „Kein Problem. Aber mach dir nichts vor, das ist echt viel Arbeit. Hast du Ideen, welche Farbe?"

Milena hatte sich darüber noch nicht konkret den Kopf zerbrochen, aber irgendwie sah sie einen hellen, freundlichen Ton vor sich – vielleicht eine zarte Tönung, die sie an das Licht von Korfu erinnerte. „Ich will das Graue und Düstere raus. Vielleicht ein leichtes Pastell? Ich weiß es nicht, ich will einfach frische Farben."

„Na dann machen wir das so", sagte Linda. „Wollen wir erstmal einen Kaffee trinken? Oder hast du schon was gegessen?"

„Ich habe schon, aber gerne noch einen Kaffee. Ich glaube, ich brauch den."

Gemeinsam gingen sie in die Küche. Dort erzählte Milena in groben Zügen von ihrer Reise: Wien, Belgrad, das Kloster in

Serbien, Montenegro, der kleine Abstecher nach Budva, später Korfu und zuletzt Athen mit dem Segelboot. Linda saß mit offenem Mund da und lachte begeistert über einige Anekdoten. „Wow, du hast echt was erlebt, Milena. Ich erkenne dich kaum wieder – so voller Tatendrang."

„Genau das fühle ich auch", gestand Milena. „Es ist, als hätte ich einen neuen Schwung bekommen. Ich bin nicht mehr dieselbe, die ich vor ein paar Wochen war."

„Und was hast du jetzt vor? Willst du hierbleiben? Oder gleich weiterreisen?"

„Erst mal bleibe ich hier, aber nicht so wie früher. Ich will mich hier wohler fühlen, meine Wohnung neu gestalten. Und dann... wer weiß. Vielleicht suche ich mir einen Tanzkurs oder schreibe mich in irgendeinen Workshop ein. Ich habe plötzlich Lust auf so vieles."

Linda lachte. „Tanzkurs klingt gut. Ich bin dabei, wenn du einen Partner suchst."

Am späten Nachmittag starteten sie zu zweit in Richtung Baumarkt. Linda fuhr, während Milena auf dem Beifahrersitz eine innere Liste im Kopf durchging: Farbe, Pinsel, Abdeckfolie, vielleicht eine neue Lampe für das Wohnzimmer. Sie fühlte sich aufgedreht und albern zugleich. Vor Kurzem war sie noch in Athen durch Tavernen gezogen, nun fuhr sie zum heimischen Baumarkt, um Wandfarbe zu kaufen – das Leben konnte so abrupt wechseln.

Kaum waren sie in der riesigen Halle, staunte Milena über das Angebot an Farben. „So viele Nuancen... Himmelblau, Kornblume, Pastelltöne..."

„Such dir was aus", meinte Linda lachend. „Ich hab Geduld."

Schließlich entschied sich Milena für ein dezentes Mintgrün für das Wohnzimmer, ein warmes Cremeweiß für den Flur. Dazu ein paar Farbmuster, falls sie noch andere Akzente setzen wollte. Im Wagen landeten außerdem Pinsel, Farbwalzen, Malerkrepp und Abdeckplane.

„Bist du sicher, dass du das alles schaffst?", fragte Linda, als sie an der Kasse standen.

„Ja", bekräftigte Milena. „Ich schaffe das. Und du hast ja gesagt, du hilfst mir."

„Na klar", grinste Linda. „Ich freu mich, dich so lebendig zu sehen."

Tatsächlich verbrachten sie die folgenden Tage überwiegend in Milenas Wohnung. Morgens kam Linda meistens schon kurz nach dem Frühstück vorbei, brachte frische Brötchen oder Gebäck mit. Dann machten sie sich ans Werk: Möbel rücken, Wände abkleben, Farbe anrühren, streichen, trocknen lassen. Manchmal wurde es chaotisch, manchmal lachten sie Tränen, wenn sie sich versehentlich Farbspritzer ins Gesicht machten.

Milena spürte einen anhaltenden Energieschub, fast wie ein Nachglühen ihrer Reise. Das Chaos in der Wohnung war riesig, doch seltsamerweise störte sie das nicht mehr. Sie wusste, sie war auf dem Weg, ihre Umgebung an das anzupassen, was sie in ihrem Inneren fühlte.

Gegen Ende der Woche waren die gröbsten Arbeiten getan. Das Wohnzimmer leuchtete in einem angenehmen Mintton, kombiniert mit weißer Decke. Der Flur wirkte heller und einladender. Milena hatte sogar einige neue Kissen und Vorhänge besorgt, die sie zufällig bei einem Discounter entdeckt hatte – leuchtende Farben, die an das Meer erinnerten.

Zum Schluss sortierte sie all die Dinge, die sie in die Kisten verpackt hatte. Die Fotos von Sasha und ihren Kindern wollte sie nicht wegwerfen, aber sie legte sie in einen neu gestalteten Fotobereich. Andere Erinnerungsstücke, die sie vor der Reise als unantastbar empfunden hatte, sortierte sie aus oder verstaute sie im Keller. Sie fühlte sich befreit, aber auch versöhnt mit der Vergangenheit.

Endlich war es soweit: Milena stand im frisch gestrichenen Wohnzimmer, die Möbel an neuen Stellen, umgeben von Linda und einem Stapel alter Zeitungen, die sie als Schutz ausgelegt hatten. Sie zog die Malerhandschuhe aus und sah sich um.

„Und?“, fragte Linda atemlos. „Zufrieden?“

Milena atmete durch und lächelte, während sie sich einmal im Kreis drehte.

„Ja, sehr. Es ist, als wäre ich in eine neue Wohnung gezogen, ohne wirklich umziehen zu müssen."

Linda ließ sich auf das Sofa fallen und wischte sich mit dem Handrücken über die Stirn.

„Geschafft. Und wie geht's jetzt weiter?"

Milena wollte gerade antworten, als ihr Blick auf eine kleine Schublade fiel, die sie während des Umräumens offengelassen hatte. Fast mechanisch trat sie näher, öffnete sie ganz und griff hinein.

Dort lag er – der 100-Mark-Schein von Signora Rossi.

Sie zog ihn vorsichtig heraus und musterte ihn einen Augenblick lang. So viele Jahre hatte sie ihn aufbewahrt, ein stilles Versprechen und eine Erinnerung daran, wie alles begonnen hatte. Damals hatte er ihr Mut gemacht, aufzubrechen.

Jetzt tauchte er erneut auf, doch diesmal unter völlig anderen Vorzeichen: Die Zukunft war kein ferner Begriff mehr – sie war schon immer da.

Ohne lang nachzudenken nahm Milena einen ungenutzten Bilderrahmen zur Hand. Auf einen schlichten weißen Zettel schrieb sie in klaren, festen Buchstaben:

„Die Zukunft ist jetzt."

Vorsichtig legte sie den alten Geldschein neben den Zettel, richtete beides akkurat aus und setzte das Glas ein. Einen Moment betrachtete sie das Ergebnis, dann trug sie den Rahmen zum frisch gestrichenen Regal und stellte ihn dort auf, wo er jeden Tag im Blick sein würde.

„Was machst du da?", fragte Linda neugierig und kam näher.

Milena wandte sich zu ihr um, ein Leuchten im Blick.

„Ich rahme mir eine Erinnerung ein. Daran, dass ich nicht mehr auf Morgen warten will. Dass die Zukunft genau jetzt beginnt."

Linda lächelte. „Ziemlich philosophisch für einen alten Geldschein."

Milena zuckte mit den Schultern. „Vielleicht. Aber genau das brauche ich."

Linda trat einen Schritt zurück und musterte das Regal. „Dann fehlt jetzt nur noch eins: ein Glas Wein auf die Zukunft. Oder besser gesagt – auf das Jetzt."

„Unbedingt", sagte Milena.

Und während sie in die Küche gingen, fiel das letzte Licht der Abendsonne durch das Fenster und ließ das Glas des Rahmens kurz aufleuchten – ein stilles Versprechen an die Tage, die noch kommen würden.

Kapitel 24: Neue Schritte

Die nächsten Tage verbrachte Milena in einem Zustand leiser Euphorie. So oft sie konnte, genoss sie ihre neu gestaltete Wohnung und zugleich die Welt draußen vor ihrer Tür. Seit ihrer Rückkehr aus Athen hatte sie das Gefühl, dass Karlsruhe noch nie so lebendig auf sie gewirkt hatte: zum ersten Mal in all den Jahren wohnte sie nicht nur hier, sondern entdeckte die Stadt aktiv.

Mal saß sie in einem Museum und betrachtete gebannt die Exponate, mal schlenderte sie durch die Straßen und ließ sich von kleinen Galerien oder Off-Kultur-Veranstaltungen überraschen. Besonders hatte es ihr das Kulturzentrum „Tollhaus“ angetan, wo sie Kabarett und Comedy-Shows für sich entdeckte – eine Welt, die sie früher nie betrat. „All das lag mir doch jahrelang zu Füßen“, dachte sie oft verwundert. „Und ich habe es kaum bemerkt.“

Tagsüber stiefelte sie in Bibliotheken, bewunderte die Günther-Klotz-Anlage, erkundete die Innenstadt mit neugierigem Blick. Vieles in ihr hatte sich verändert; sie war nicht mehr die gleiche Frau, die vor wenigen Wochen lustlos den Alltag angehen musste und von einer leisen Depression gebeugt war. Jetzt war sie voller Energie, immer auf der Suche nach kleinen Ausflügen, nach Entdeckungsreisen in ihrer eigenen Stadt.

Eines Tages, es war ein frischer Novembermorgen, schlenderte Milena wieder durch die Günther-Klotz-Anlage. Die feuchte Luft roch nach nassem Laub, hier und da fielen bereits ein paar

Regentropfen. In der Ferne sah sie plötzlich eine vertraute Gestalt auf einer Bank sitzen – Linda, ihre Nachbarin, mit der sie kürzlich die Wohnung renoviert hatte und die seit Jahren allein lebte.

Linda sah an diesem Tag bedrückt aus. Ihr Blick war auf den Boden gerichtet und ihre Schultern hingen herab. Milena spürte sofort, dass ihre Nachbarin nicht gut gelaunt war. Langsam setzte sie sich neben sie auf die Bank.

„He, alles in Ordnung? Du siehst nicht gut aus“, begann Milena mit leiser Stimme.

Linda seufzte. „Ach... irgendwie gar nicht. Manchmal hab ich das Gefühl, mein Leben rauscht an mir vorbei. Und jetzt, wo ich sehe, wie du strahlst... ich beneide dich, Milena. Du warst so lange in so einer... na ja, so einer Art Niedergeschlagenheit. Und plötzlich bist du so energiegeladen und positiv. Ich wünschte, ich hätte auch nur die Hälfte davon.“

Milena legte Linda mitfühlend eine Hand auf den Arm. „Ich kann dich verstehen. Aber schau, ich war so lange in einem Hamsterrad. Erst als ich wirklich aufgebrochen bin – damals nach Wien, später weiter – hat sich in mir etwas verändert. Manchmal reicht ein kleiner Schritt, um alles ins Rollen zu bringen.“

Linda schaute sie an, als wartete sie auf eine konkrete Idee. „Ja, aber wohin soll ich gehen? Ich kenne hier alles. Ich lebe seit zwanzig Jahren in Karlsruhe und hab das Gefühl, jeder Tag ist gleich...“

Da richtete Milena sich auf und sagte entschlossen: „Wir müssen jetzt irgendwohin. Jetzt gleich."

Linda runzelte die Stirn. „Wohin denn? Was hast du vor?"

„Vertrau mir", lächelte Milena. „Komm, wir nehmen die nächste Straßenbahn. Los!"

Obwohl Linda etwas skeptisch war, ließ sie sich überreden. Zusammen stiegen sie an der nächsten Haltestelle in die Straßenbahn und fuhren bis nach Grünwinkel – einem eher ruhigen Stadtteil, wo sich Industriegebiete mit Wohnstraßen mischen. Als sie dort ausstiegen, schaute sich Linda irritiert um.

„Hier ist doch... nichts", murmelte sie.

Milena lachte leise. „Abwarten. Komm mit."

Sie gingen ein Stück die Straße entlang, bis sie vor einem eher unscheinbaren Fahrradladen ankamen. Zwischen den Schaufenstern hing ein großes Schild mit bunten Lettern, das aber auf den ersten Blick nicht viel sagte. „Wir sind hier!", verkündete Milena.

Linda musterte sie verwirrt. „Äh... willst du jetzt ein Fahrrad kaufen?"

Doch Milena zog sie zum Nebeneingang. Eine Glastür führte ins Hinterhaus, und dahinter erstreckte sich – völlig überraschend – ein großzügiger, moderner Tanzsaal. In warmem Licht standen hier Spiegelwände, dazu Parkettboden und ein paar Sitzbänke am Rand. Linda bekam große Augen.

„Ach du meine Güte...", flüsterte sie. „Ein Tanzstudio?

Darüber hast du doch letztens schon mal geredet, oder? Aber... möchtest du wirklich...?“

„Na klar will ich das“, unterbrach Milena sie entschlossen. „Wir haben doch genug Zeit, Neues auszuprobieren. Und wenn wir schon auf ein Ventil für unsere Energie (oder unsere Trägheit) hoffen, dann ist vielleicht Tanzen genau das Richtige.“

Linda spürte, wie ihr Herz schneller schlug. „Ich... weiß gar nicht, ob ich das kann. Ich hab noch nie richtig getanzt, von ein paar Schultanzkursen abgesehen... das ist ewig her.“

Milena grinste nur. „Ich auch nicht. Aber lass uns schauen, was die hier anbieten.“

Gerade, als sie zaghaft den Raum betraten, kamen zwei junge Frauen auf sie zu. Die eine hatte lockiges Haar und ein strahlendes Lächeln, die andere wirkte etwas ruhiger, aber nicht minder freundlich.

„Hallo, was können wir für Sie tun?“, fragte das Mädchen mit den lockigen Haaren freundlich.

Linda und Milena wechselten Blicke. Schließlich trat Milena mutig vor. „Wir... interessieren uns für einen Tanzkurs. Oder zumindest einen Schnupperkurs. Können wir uns das hier mal anschauen?“

Die beiden Angestellten lachten erfreut. „Na klar! Wir haben verschiedene Kurse. Ob Standard, Latein, Salsa oder Discofox – wir sind ziemlich breit aufgestellt. Seid ihr beide absolute Anfängerinnen?“

Linda nickte zögerlich. „Oh ja, totale Anfängerinnen. Und ehrlich gesagt, wir sind nicht mehr die Jüngsten..."

Die Lockige winkte ab. „Alter spielt hier wirklich keine Rolle. Wir haben Kurse für Jung und Alt, Hauptsache, die Freude am Tanzen ist da."

Währenddessen holte die andere Frau – die ruhigere – einen Flyer hervor. Darauf standen Kurszeiten und kurze Beschreibungen: Ein Schnupperkurs für Einsteiger ab nächster Woche Dienstagabend. „Da könntet ihr gern mal unverbindlich vorbeischauen und testen, ob es was für euch ist."

Milena nahm den Flyer dankbar entgegen. „Das klingt perfekt. Können wir uns direkt anmelden?"

Die Angestellten nickten, notierten ihre Kontaktdaten und gaben ihnen eine Bestätigung. „Kommt einfach in bequemer Kleidung, rutschfesten Schuhen und vor allem mit guter Laune. Alles Weitere erklären wir Ihnen zu Beginn des Kurses".

Beim Hinausgehen war Linda so aufgeregt, dass ihre Hände leicht zitterten. „Mein Gott, was machen wir da?", fragte sie, kaum außerhalb des Studios. „Ich habe noch nie so spontan etwas unterschrieben."

Milena legte einen Arm um ihre Schulter. „Wir ziehen das durch. Zur Not bleiben wir nur eine Stunde. Und wenn's gar nicht passt, haben wir eben etwas ausprobiert – das ist doch immer noch besser, als nichts zu tun."

Linda lachte ein wenig hysterisch. „Ja... du kommst wie ein

Wirbelwind in mein Leben, Milena. Ich bin total gespannt, was das wird. Aber… irgendwie fühlt es sich gut an."

Eine Woche später, an einem frischen Novemberabend, standen die beiden dann tatsächlich im Tanzstudio und warteten auf den Beginn des Schnupperkurses. Milena fühlte sich ebenfalls nervös, doch sie bemühte sich, Linda Sicherheit zu geben. Um sie herum sammelten sich weitere Teilnehmerinnen und Teilnehmer, manche sichtlich routiniert, andere ebenso unsicher wie sie selbst.

Ein junger Tanzlehrer mit schwungvollem Auftreten eröffnete den Kurs, unterstützt von einer sympathischen Kollegin. „Willkommen alle zusammen!", rief er in die Runde. „Keine Panik, wir reißen niemandem den Kopf ab. Wir wollen einfach Spaß am Tanzen haben!"

Linda und Milena warfen sich einen Blick zu, der etwas von „Puh, wenigstens einer, der uns beruhigt" enthielt. Dann ging es los: einfache Grundschritte, erst mal ohne Musik, nur das rhythmische Zählen der Lehrerin. „Eins, zwei, Cha-Cha-Cha… eins, zwei… Cha-Cha-Cha."

Sie stellten sich alle recht unbeholfen an – Arme und Beine wollten noch nicht zusammenpassen. Doch die Kursleiter gingen geduldig herum, halfen bei der Haltung, korrigierten Lächelnd Fehltritte. Nach und nach legte sich die erste Scheu. Milena konnte spüren, wie sie sich langsam in den Rhythmus einfügte, selbst wenn es manchmal holperte.

Linda lachte plötzlich laut auf, als sie versehentlich mit einem anderen Teilnehmer zusammenstieß. „Tut mir leid!", rief sie mit roten Wangen. Aber der Mann grinste nur und meinte: „Kein Problem - wir sind alle Anfänger!"

Nachdem die Stunde beendet war, blieb ein Teil der Gruppe noch beisammen, um ein wenig zu quatschen. Es stellte sich heraus, dass einige andere aus Karlsruhe und Umgebung kamen, teils mit ähnlichen Geschichten – Neuanfänge, Neugier aufs Tanzen, Lust auf Bewegung. Die Kurslehrer stellten sich als Luca und Sonja vor, ein eingespieltes Team, das die Teilnehmer herzlich auffing.

Milena und Linda standen etwas abseits und tranken einen Schluck Wasser. „Ich kann gar nicht fassen, dass wir das wirklich machen", meinte Linda kopfschüttelnd. „Ich hätte nie gedacht, dass ich in meinem Alter noch mal Cha-Cha-Cha probieren würde!"

Milena lachte. „Ich auch nicht. Aber sieh uns an: Wir haben's überlebt und hatten sogar Spaß!"

Die beiden Lehrer gesellten sich noch kurz dazu und fragten, wie es den Neulingen gefallen habe. „Wir sind... ziemlich glücklich", gab Milena zu. „Und überrascht, dass wir doch nicht die ältesten im Kurs sind."

Sonja schmunzelte. „Das Tanzen kennt kein Alter. Wenn ihr Lust habt, könnt ihr gern weiterhin mit uns trainieren. Nach dem Schnupperkurs beginnt in drei Wochen der feste Kursblock, da könnt ihr euch einschreiben.“

Linda warf Milena einen unsicheren Blick zu, doch Milena nickte. „Sagen wir so: Wir überlegen es uns sehr ernsthaft. Es war auf jeden Fall schon mal ein toller Abend.“

Die Gruppe löste sich allmählich auf. Milena und Linda machten sich auf den Rückweg, diesmal in heiterer Stimmung. Draußen hatte es leicht zu regnen begonnen, die Luft roch nach feuchtem Asphalt.

Linda zog ihre Jacke enger um sich und sagte mit leiser Stimme: „Danke, Milena.“

„Wofür?“

„Dafür, dass du mich aus meinem Trott gerissen hast. Ich fühle mich gerade... so lebendig wie lange nicht mehr.“

Milena legte den Arm um Sie. „Ach, ich bin doch auch nur auf der Suche. Schön, wenn wir uns gegenseitig anstupsen. Mal sehen, wohin uns das noch führt.“

Mit einem Kichern liefen die beiden durch den regennassen Abend, eingehüllt in die leise Vorfreude auf das, was vielleicht noch kommen würde – die ersten wirklichen Tanzschritte in Richtung einer neuen Lebensphase, die Ungewissheit und Neugier in einen beschwingten Takt verwandelte.

Kapitel 25: Eine Reise nach Prag

Der Winter war einem zarten Frühlingshauch gewichen, und Milena spürte, wie ihr Herz sich mit der wärmenden Sonne weitete. Ihr Leben hatte sich in den vergangenen Monaten stabilisiert. Sie war glücklich – wirklich glücklich. Jeden Tag freute sie sich über die kleinen Dinge: einen gelungenen Tanzschritt mit Linda, den Duft frisch aufgebrühten Kaffees am Morgen, das freundliche Lächeln ihrer Nachbarn.

Doch so zufrieden sie auch war, hin und wieder überkam sie eine leise Sehnsucht. Das geschah meist in unbeobachteten Momenten: wenn sie abends ein Buch las oder bei einem Spaziergang durch die Stadt. Dann schweiften ihre Gedanken zu Viktor, dem Mann, den sie in Wien kennengelernt hatte. Sie sah sein Lächeln und dachte an seine ruhige Art, an das Feuer, das sich für kurze Zeit zwischen ihnen aufgestaut hatte - und das sie in ihrem damaligen Zögern wieder gelöscht hatte. Es war nur ein kurzes Stechen in ihrem Herzen, aber stark genug, um sie an das zu erinnern, was sie vielleicht verpasst hatte.

Eines Tages - der März neigte sich schon dem Ende zu und die ersten Blumen blühten bereits in den Beeten - entspannte sich Milena auf ihrem Sofa. Sie las einen Roman und ließ sich durch das Fenster von den sanften Sonnenstrahlen streicheln. Plötzlich surrte ihr Handy auf dem Couchtisch. Auf dem Display blinkte die Gruppe „Unsere verrückte Reise“.

Sie nahm das Gerät und entdeckte eine Nachricht von Ljubica.

Ljubica: *„Hallo ihr Lieben, ich habe großartige Neuigkeiten: Ich habe ein Gastarrangement in Prag bekommen! Ein ganzes Jahr lang am Divadlo pod Palmovkou, ab Herbst. Meine Premiere findet im Oktober statt – ich kann es selbst kaum fassen! Bin überglücklich! <3"*

Zunächst starrte Milena ungläubig auf die Nachricht, dann huschte ein breites Lächeln über ihr Gesicht. „Ljubica in Prag!", murmelte sie, während ihr Herz warm wurde bei der Vorstellung, wie ihre Cousine nun vor Freude strahlte. Mit schnellen Daumen tippte Milena eine Antwort:

Milena: „Wow, das ist ja fantastisch! Ich freue mich so sehr für dich. Das wird wunderbar. Prag ist eine Traumstadt, und du wirst dort großartige Erfahrungen sammeln!"

Wenige Augenblicke später kamen weitere Nachrichten. Emily und Peter aus den USA meldeten sich ebenfalls, voller Begeisterung. Sie betonten, wie genial es sein müsse, Prag nicht nur als Tourist zu erleben, sondern richtig dort zu arbeiten. Währenddessen konnte Milena das Kribbeln in ihrem Bauch kaum ignorieren – sie freute sich von Herzen für Ljubica und dachte an deren neuen Lebensabschnitt.

Noch am selben Nachmittag beschloss sie, Ljubica anzurufen, um ihr persönlich zu gratulieren. Das Handy klingelte nicht lange, ehe Ljubicas aufgeregtes Gesicht auf dem Bildschirm erschien.

„Milena!" rief Ljubica. „Ich hab's wirklich geschafft, ist das nicht verrückt?"

„Es ist großartig!“, erwiderte Milena strahlend. „Ein ganzes Jahr in Prag – ab Herbst. Und deine Premiere im Oktober! Das ist ein Traum, aber du hast es dir erarbeitet, du bist eine tolle Schauspielerin. Ich bin so stolz auf dich.“

Ljubica wischte sich eine Haarsträhne aus dem Gesicht. „Und ich wollte dir nochmal danken. Hätte ich damals nicht deine Unterstützung gehabt, wäre ich nie so weit gegangen. Du bist maßgeblich für all diese Veränderungen in meinem Leben verantwortlich – und jetzt kann ich es kaum abwarten, in Prag auf der Bühne zu stehen!“

„Mir ging es doch genauso“, entgegnete Milena sacht. „Meine Welt hat sich seit unserer gemeinsamen Reise auch komplett verändert. Ich hab wieder Lust am Leben gefunden.“

Nachdem das Gespräch endete, blieb Milena noch lange auf ihrem Sofa sitzen, das Handy in der Hand. Draußen war es bereits dunkel, und doch spürte sie ein inneres Leuchten. Die Vorstellung, Ljubica im Oktober auf einer Prager Bühne spielen zu sehen, ließ ihr Herz hüpfen.

„Was wäre, wenn ich sie dort überrasche?“, flüsterte sie.

Ja, das wäre perfekt, dachte Milena, während ihr Herz kurz vor Aufregung schneller schlug.

Der Gedanke war nur ein Flüstern, doch er wurde schnell zu einem Plan. Sie klappte entschlossen ihren Laptop auf und begann zu recherchieren.

Erst einmal suchte sie den Namen des Theaters: Divadlo pod

Palmovkou. Dann prüfte sie die Wegbeschreibung, die genauen Spieltermine. Laut Ankündigung würde das Stück – in dem Ljubica eine Hauptrolle bekommen hatte – Anfang Oktober uraufgeführt werden.

Milena kicherte ein wenig über ihre eigene Aufregung: *Das ist ja noch ein halbes Jahr hin... aber besser früh planen als zu spät.* Sie war nun mal jemand, der sich gerne spontan entschied, auch wenn das Ziel noch in der Ferne lag. Sie stöberte nach passenden Unterkünften in der Prager Altstadt. Ein altes, stilvolles Hotel, nicht zu weit vom Theater gelegen, weckte sofort ihre Neugier.

„Perfekt", murmelte sie und klickte auf *Reservieren*. Dieses Mal nahm sie gleich eine ganze Woche – warum nicht ein paar Tage länger bleiben und Prag in herbstlichem Glanz erleben? Dann überlegte sie kurz über den Flug oder Zug. Die Verbindungen nach Prag waren vielfältig, eine Bahnfahrt wäre vielleicht sogar romantisch. Und doch entschied sie sich, für den Hinweg einen Flug zu buchen und die Rückreise offen zu lassen.

„Reicht, wenn ich den Rückweg später buche", sagte sie sich. „Wer weiß, wie lange ich dortbleiben möchte oder ob mir unterwegs noch etwas über den Weg läuft!"

Kaum war die Bestätigungsmail eingetrudelt, stieg in Milena ein leichtes Lampenfieber hoch. *Was, wenn ich sie nerve?*, fragte sie sich im Stillen. *Oder sie sich gestört fühlt, wenn ich plötzlich auftauche?* Doch sie wusste, dass Ljubica eine professionelle Schauspielerin war – und vor allem ihre Cousine und Freundin. Sie würde sich sicher freuen, Milena im Publikum zu wissen.

Gleichzeitig kehrten ihre Gedanken einen Moment zu Viktor

zurück. Er hatte ihr erzählt, dass er in Prag aufgewachsen war, bis sein Vater für so viel Ärger und Probleme sorgte, dass seine Mutter schließlich mit ihm fortgehen musste. Die Erinnerung daran stimmte Milena wehmütig, denn Viktor hatte nie ein gutes Wort über seine Kindheit in dieser Stadt verloren. Er hatte erwähnt, wie schwer es gewesen war, das eigene Zuhause verlassen zu müssen und nie wieder zurückzukehren.

„Und jetzt gehe ich ausgerechnet dorthin“, flüsterte Milena. Die Ironie entging ihr nicht: Wo sie doch wusste, wie viele schmerzliche Erinnerungen Viktor mit Prag verband. Sie seufzte und schüttelte dann den Kopf, als könne sie damit die leise Hoffnung fortwischen, ihn zufällig dort zu treffen – oder die Sehnsucht, die sein Name in ihr weckte.

„Ich fahre nach Prag, um Ljubica zu sehen“, murmelte sie fest zu sich selbst. „Nicht um Geistern nachzujagen.“ Und doch blieb das Bild von Viktors traurigen Erzählungen in ihrem Kopf, ein leiser Stich der Melancholie inmitten ihrer freudigen Reisepläne.

Trotzdem strahlte sie, als sie in die Küche ging, sich einen Tee machte und dabei in den dunklen Abend hinausschaute. *Oktober in Prag,* dachte sie. *Was für eine wundervolle Vorstellung...*

Kapitel 26: Unerwartete Begegnungen

Der Sommer schimmerte in allen Farben, und Milena genoss ihn in vollen Zügen. Es war, als hätte sie nach Jahrzehnten zum ersten Mal den Reichtum ihrer Umgebung entdeckt. Oft unternahm sie kleine Ausflüge rund um Karlsruhe: Einmal fuhr sie für einen Tag zum Mummelsee im Schwarzwald und ließ sich vom klaren Bergwasser und den Tannen in ihrer Stille umarmen, ein anderes Mal besuchte sie in der Pfalz ein Weinfest und lachte mit fremden Leuten bis in die Nacht. Sie sammelte Eindrücke wie kostbare Schätze.

Mit Linda, ihrer Nachbarin, verband sie mittlerweile eine tiefe Freundschaft. Was mit gemeinsamen Renovierungsaktionen angefangen hatte, entwickelte sich zu einem echten Abenteuer: Gemeinsam hatten sie im Frühjahr den Schnupperkurs in Grünwinkel belegt – und waren drangeblieben. Jeden Montag und Mittwoch besuchten sie nun ihre Tanzstunden. Linda, die anfangs unsicher gewesen war, lernte zunehmend, ihre Schüchternheit abzulegen, während Milena mit jeder Salsa-Drehung spürte, wie ihr Körper sich kräftiger und dynamischer anfühlte.

Die beiden merkten schnell, dass Tanzen mehr war als nur Schritte und Rhythmus. Es öffnete Türen: Ein neuer Freundeskreis bildete sich, regelmäßige Treffen entstanden, mal in einer Bar nach dem Kurs, mal zum gemeinsamen Kochen. Milena, die vor einem Jahr noch einsam in ihrer Küche gesessen hatte, staunte manchmal über ihren Kalender, der so voll mit Leben war.

Als der Sommer sich langsam verabschiedete und die Tage kürzer wurden, spürte Milena einen neuen Sog: Es war Zeit für ihre Reise nach Prag. Und sie sollte diesmal nicht alleine aufbrechen, denn Linda bestand regelrecht darauf, mitzukommen.

„Ich lasse dich doch nicht allein in so eine tolle Stadt fahren!“, sagte sie lachend. „Zumal ich ja auch ein bisschen Abwechslung gebrauchen kann.“

Milena war froh über diese Begleitung. Sie wusste, dass die Reise für Linda eine schöne Gelegenheit wäre, den Kopf frei zu bekommen – und sie selbst hatte jemanden an ihrer Seite, mit dem sie ihre Vorfreude teilen konnte.

Es war Mitte Oktober, als sie schließlich aufbrachen. Frühmorgens fuhren sie mit dem Zug von Karlsruhe nach Frankfurt. Im Abteil herrschte noch Dämmerlicht, und sie schlürften heißen Kaffee aus Pappbechern. Linda erzählte ein bisschen nervös von ihrem noch nie erlebten Flug: „Ich bin nur einmal als Kind geflogen. Hoffentlich wird's nicht zu turbulent!“

Milena versuchte, sie zu beruhigen. „Es wird bestimmt alles gut. Prag ist ja nicht weit.“

Auf dem Frankfurter Flughafen herrschte wie immer reges Treiben. Die beiden Frauen checkten ihre Koffer ein, schlenderten durch die Abflughalle und staunten: Linda war sichtlich beeindruckt von der Größe und der Betriebsamkeit, während Milena sich längst an Flughäfen gewöhnt hatte. Nach einer kurzen Wartezeit hoben sie ab, und kaum war das Flugzeug in der Luft, vertrieb ein freundlicher Steward Lindas Unbehagen mit einem Lächeln und einem Glas Orangensaft.

Etwa eine Stunde später landeten sie auf dem Václav-Havel-Flughafen. Der Herbst tauchte Prag in ein goldenes Licht. Bäume in Rot-, Gelb- und Orangetönen säumten die Straßen, während ihr Taxi ins Zentrum rollte. Linda quirlte vor Aufregung: „Die Häuser hier sind so wunderschön – was für eine Architektur!“ Milena teilte ihre Begeisterung, obwohl sie sich hauptsächlich auf die bevorstehende Premiere von Ljubica konzentrierte.

Da sie beide Hunger hatten, ließ das Taxi sie in der Nähe des Altstadtplatzes aussteigen, wo sie nach ein paar Schritten ein gemütliches kleines Restaurant fanden. „Lokale Spezialitäten, bitte“, sagte Milena lächelnd zu der Kellnerin, die freundlicherweise auf Englisch antwortete. Sie entschieden sich für Svíčková – Rinderlendenbraten mit Rahmsoße und Knödeln –, ein tschechischer Klassiker. Dazu tranken sie ein mildes Helles Bier, das Linda sofort in höchsten Tönen lobte.

Die urige Atmosphäre, mit dunklem Holz und alten Fotos an den Wänden, passte ideal zu diesem herbstlichen Prag-Gefühl. Während sie aßen, sprachen sie über Ljubica, über das Theater, das heute Abend Premiere feierte. „Ich bin so gespannt, wie es dort aussieht“, sagte Linda.

„Ich kenne das Theater nur von Fotos“, erwiderte Milena. „Es soll von außen recht unscheinbar sein, aber innen soll es sehr viel Charme haben.“

Gestärkt und voller Vorfreude machten sie sich anschließend auf den Weg zum Hotel. Ein kleines historisches Haus in einer Seitenstraße der Altstadt, wo man den Flair alter Prager Tage atmete. Der Empfangsbereich strahlte etwas Nostalgisches aus: Kronleuchter, an den Wänden leichte Tapeten in Pastellfarben, und ein antiker Tresen.

„Das ist ja traumhaft", flüsterte Linda, als sie ihr Zimmer betraten. „Ich fühle mich wie in einem alten Film."

Milena lachte. „Genau das wollte ich. Ich denke, wir werden uns hier wohlfühlen, wenn wir nicht gerade das Theater oder die Stadt erkunden."

Aber für lange Ruhe war keine Zeit. Die Premiere rückte näher, und beide Frauen machten sich fertig. Linda entschied sich für ein knielanges, dunkelblaues Kleid mit glitzernden Details. Milena zog ihr berüchtigtes pinkes Kleid hervor, das sie letztes Jahr in Wien gekauft hatte – ein Zeichen ihrer neuen Abenteuerlust. „Einfach passend für eine Premiere", fand sie.

Sie fuhren mit der Straßenbahn zum Veranstaltungsort von Ljubicas großem Auftritt. Das Theater lag in einem Viertel außerhalb des touristischen Zentrums, und tatsächlich wirkte das Gebäude von außen recht nüchtern: eine weiße Fassade, auf der in großen schwarzen Buchstaben „Divadlo pod Palmovkou" stand.

„Na, mal schauen, wie's drin aussieht", meinte Linda, während sie die schlichten Außenwände musterte.

Kaum hatten sie das Foyer betreten, fanden sie sich in einem stilvollen Ambiente wieder: Heller Mosaikboden, weiße Holzvertäfelungen, und eine warme Beleuchtung, die dem Raum ein gediegenes Flair verlieh. Mehrere Stehtische verteilten sich auf dem Vorraum, an einem langen Tresen wurden Getränke ausgeschenkt. Eine höfliche Dame nahm ihnen die Mäntel ab, und schon standen sie inmitten einer kleinen Menschentraube, die plaudernd auf den Einlass wartete.

Linda und Milena nahmen Aufstellung an einem der Tische. Während Linda sich umblickte, spähte Milena nervös in die Menge. „Sieht nach lauter Fremden aus“, meinte sie seufzend. „Aber wer weiß, ob Ljubica sich vielleicht in letzter Minute hierher verirrt. Ich hoffe eher nicht – sonst wäre die Überraschung ja futsch.“

Linda klopfte ihr auf den Arm. „Sie ist bestimmt hinter der Bühne. Alles gut.“

Plötzlich, ohne Vorwarnung, spürte Milena einen kräftigen Druck um ihre Schultern. Zwei Arme hatten sie von hinten gepackt, regelrecht festgehalten, sodass sie ihre eigenen Hände kaum bewegen konnte. Sie fuhr herum und wollte schon protestieren, als sie herunterschaute und sah: Männerhände.

Einen Herzschlag lang dachte sie an Viktor, aber das erschien ihr zu abwegig. Linda stand daneben mit hochgezogenen Augenbrauen und verlegenem Grinsen – sie kannte den Umarmenden offenbar nicht. Milena, fast schon erschrocken, wollte sich losreißen, doch da hörte sie eine tiefe Stimme mit einem vertrauten amerikanischen Einschlag: „Na, wen haben wir denn hier…?“

In dem Moment begriff sie. „Peter?!“, rief sie ungläubig und drehte sich hastig um.

Da stand tatsächlich Peter vor ihr, strahlend, mit immer noch offenen Armen, und neben ihm die ebenso lachende Emily. Milena entfuhr ein lauter, freudiger Aufschrei, und sie umarmte sie abwechselnd.

„Was... was macht ihr hier?" stammelte sie und spürte, wie ihr die Tränen der Überraschung in die Augen schossen. „Ihr seid in den USA, ihr... oh mein Gott, seid ihr extra...?"

Emily lachte. „Wir könnten dich dasselbe fragen! Wir dachten, wir wären die Einzigen, die Ljubica überraschen kommen. Und jetzt treffen wir ausgerechnet dich!"

„Und mich!", meldete sich Linda und wirkte ein bisschen schüchtern.

Milena fuhr sich durch die Haare, ihre Stimme zitterte vor Freude. „Ja, klar, das ist Linda, meine Nachbarin – und meine beste Tanzpartnerin. Linda, das sind Peter und Emily, die ich damals in Serbien kennengelernt habe."

Linda reichte den beiden lächelnd die Hand. „Freut mich sehr!", sagte sie. „Ihr seid also auch hier, um Ljubica zu überraschen?"

Peter war ganz außer sich, nickte begeistert. „Ja, wir haben's nicht mal Ljubica erzählt. Wir dachten, wir tauchen zur Premiere auf, damit sie sich freuen kann. Aber jetzt haben wir sogar ein Vor-Premieren-Überraschungs-Treffen. Ist das nicht verrückt?"

Milena hätte sich nie träumen lassen, diese beiden wiederzusehen – zumal nicht in Prag, fernab ihrer Heimat. Sie lachten alle miteinander, redeten durcheinander, fragten sich, wer wann angekommen war, wie das Hotel war, und wann sie abreisten. Dann griff Emily nach einer Champagnerflasche, die auf dem Tresen stand, und schenkte jedem ein Glas ein.

„Auf dieses zufällige Wiedersehen!“, rief sie strahlend.

„Oder auf diesen Schicksalsmoment“, ergänzte Peter.

Sie stießen alle an, ungläubig über die Fügung, die sie in diesem Moment zusammengebracht hatte. Linda war inmitten dieses ausgelassenen Kreises sichtlich gerührt.

Gerade als sie einander die ersten Fragen stellten, ging ein leises Klingeln durch die Lobby. Die Türen zum Zuschauerraum wurden geöffnet. Es war Zeit, sich auf die Plätze zu begeben.

„Lasst uns reingehen“, sagte Milena mit leuchtenden Augen. „Ich kann’s kaum erwarten, Ljubica auf der Bühne zu sehen!“

Und so schritten sie Seite an Seite in den Saal, erfüllt von einer freudigen Spannung – und um ein unverhofftes Wiedersehen reicher.

Kapitel 27: Ein Moment der Fügung

Die Lichter im Saal erloschen, und ein Raunen ging durch das Publikum, als die ersten Klänge der Live-Musiker unterhalb der Bühne zu hören waren. Milena saß in der allerersten Reihe, genau wie sie es geplant hatte, neben ihr Linda, während Emily und Peter nur ein paar Plätze weiter saßen. Milena atmete tief durch – sie trug wieder ihr leuchtend pinkes Kleid aus Wien, das ihr einmal mehr das Gefühl gab, in einem spannenden neuen Kapitel ihres Lebens zu stehen.

Die Bühne erstrahlte in kühlen Blautönen, als ein elektronischer Beat einsetzte und eine Gruppe von Tänzern und Schauspielern langsam, fast wie in Zeitlupe, die Bühne betrat. Es war ein modernes Stück, deutlich anders, als Milena je zuvor gesehen hatte. Sie ließ sich von der Dynamik, den Lichteffekten und der Musik einfangen.

Plötzlich flutete ein Scheinwerfer den vorderen Bühnenbereich – und dort, in selbstbewusster Pose, stand Ljubica. Milena erkannte sie sofort; sie hatte sogar den ersten Monolog, mitten im Rampenlicht. Ihre Stimme drang durch den Saal, glasklar und gefühlvoll.

„Ach, wie sehr wir nach Freiheit ringen, und doch die Wände unseres Selbst nicht verlassen können…“

Milena dachte unwillkürlich an die Zeit in Serbien zurück, als Ljubica ihr bei ihrem Probespiel eine kurze Passage vorgespielt hatte. Jetzt sah ihre Cousine so professionell und selbstbewusst aus, dass Milena die Tränen in die Augen stiegen. Ljubica zog das Publikum sofort in ihren Bann und vermittelte mit ihrer Stimme und Mimik alle aufgewühlten Gefühle des Stücks.

Die Handlung wechselte zwischen dramatischen Szenen und leisen, fast poetischen Momenten. Die Musiker unterhalb der Bühne spielten mal zarte Geigenklänge, mal moderne Elektro-Beats. Milena schaute immer wieder kurz zu Linda, die ebenfalls gebannt war, dann warf sie Blicke nach hinten, um Emily und Peter zu erspähen. Einmal gelang es ihr, ihren Blick mit Emilys zu treffen, die lächelte und den Daumen nach oben zeigte – eindeutig begeistert von Ljubicas Spiel.

Nach fast zwei Stunden spannender, intensiver Szenen und einer berührenden Schlussmonologe von Ljubica fiel der Vorhang. Es dauerte nur eine Sekunde, dann brandete tosender Applaus auf. Die Zuschauer sprangen von ihren Sitzen, jubelten und riefen „Bravo!“. Milena klatschte so fest, dass ihre Handflächen schmerzten.

Die Bühne leuchtete wieder auf und die Schauspieler kamen heraus, um den Beifall entgegenzunehmen. Ljubica kam als letzte mit ihrer Hauptrolle heraus - und das Publikum steigerte den Beifall noch einmal. Man konnte förmlich spüren, wie begeistert das Publikum von ihr war.

Milena stand in der vordersten Reihe, im pinken Kleid, beide Hände zum frenetischen Applaus erhoben. Ljubica verharrte plötzlich mitten im Verbeugen, als hätte sie ein Blitz getroffen. Ihre Augen weiteten sich, dann schlug sie die Hände vors Gesicht, nur um gleich darauf zu winken. Sie erkannte hinter Milena auch Emily und Peter, die wild grinsten und klatschten.

Ein ungläubiges Lachen stahl sich über Ljubicas Züge, und sie konnte kaum fassen, wen sie da sah.

Tränen rollten über Ljubicas Wangen, während sie sich an den Kopf fasste – überwältigt von der Überraschung, die sich vor ihr entfaltete. Die Zuschauer um sie herum nahmen die emotionale Szene nur am Rande wahr, doch zwischen Publikum und Schauspielerin war sie deutlich spürbar.

Milena war selbst tief bewegt, spürte den Applaus wie ein fernes Rauschen. Plötzlich glitt ihr Blick in den Orchestergraben, ohne wirklich nach etwas Bestimmtem zu suchen. Da fiel ihr ein Musiker mit einem Cello auf. Etwas an seinem ruhigen Gesichtsausdruck, an den grauen Haaren, traf sie wie ein Blitz –

Viktor!

In diesem Augenblick blieb für Milena die Zeit stehen. Ihr Herz klopfte so laut, dass sie den Applaus kaum noch hören konnte. War das wirklich derselbe Mann aus Wien, der Absinth-Abend, das zufällige Gespräch, die tiefe Sehnsucht? Konnte es sein, dass er jetzt hier in Prag im Orchester spielte?

Auch Viktor hatte sie erkannt. Er rieb sich förmlich die Augen, als könne er es nicht glauben. Zwischen den letzten Jubelrufen des Publikums erstarrten beide in einem unverwechselbaren Moment. Viktor schaute sie unsicher an, fast so, als würde er prüfen, ob sie echt war. Milenas Mund stand offen, sie war zu keinem klaren Gedanken fähig.

Wenig später, als der Vorhang endgültig gefallen war und die Leute den Saal verließen, merkte Milena, wie ihr Herz noch immer raste. Emily und Peter gesellten sich freudestrahlend zu ihr und Linda, klopften ihnen auf die Schultern. „Hast du gesehen, wie glücklich Ljubica war?!" fragte Emily begeistert.

Doch Milena konnte nur abwesend nicken. In ihrem Kopf war nur dieser Anblick von Viktor. *Bin ich verrückt?,* dachte sie. *War das wirklich er?*

Kurz darauf löste sich die Zuschauermenge langsam auf. Einige gingen in die zum Theater gehörende Bar. Emily schlug vor, dass sie dort warten sollten, bis Ljubica fertig war und zu ihnen stoßen konnte. Die anderen willigten ein, sodass sich die kleine Gruppe in eine gemütliche Ecke des Tresens setzte.

Nach gefühlt endlosen Minuten – während Milena ihre Gedanken kaum ordnen konnte – stieß die Tür auf und Ljubica erschien im halb offenen Bühnenkostüm. Ihre Wangen waren noch gerötet, das Adrenalin stand ihr förmlich ins Gesicht geschrieben. Mit ausgebreiteten Armen rief sie: „Ihr spinnt doch wirklich alle! Was zum Teufel macht ihr hier?!"

Mit einem Lachen sprangen sie auf und umarmten sie.

„Überraschungsbesuch aus aller Welt!", meinte Peter, und Emily lachte lauthals.

Linda hielt ein Glas Sekt hoch und sagte: „Du warst phänomenal, Ljubica! Wirklich!"

Ljubica, immer noch ungläubig, schaute zu Milena. „Wieso hast du nichts gesagt? Hast du das alles geplant? Und Emily, Peter – wart ihr da eingeweiht?"

Milena schüttelte den Kopf. „Nein, nein... ich bin genauso überrascht, dass Emily und Peter hier sind. Wir haben uns nicht abgesprochen, jeder wollte dich einfach überraschen!"

Ljubica fuhr sich durch die Haare, als könne sie es nicht fassen. „Ich habe wirklich das Gefühl, ich träume. Mein Gott, dass ihr alle da seid, ist unbeschreiblich!"

Sie kicherten, scherzten und redeten wild durcheinander. Ljubica fühlte sich von diesem Ansturm der Gefühle überrollt – zugleich war sie glücklich ohne Ende. Doch Milenas Lächeln wirkte an diesem Abend etwas abwesend, als würde sie innerlich mit etwas ringen.

Da legte Emily einfühlsam eine Hand auf Milenas Schulter. „Alles okay?" fragte sie leise. „Du bist so ruhig."

Milena wollte gerade antworten, als ihr Blick zur Tür glitt. Genau in diesem Moment sah sie die schlanke Gestalt Viktors, der dort stand – in schwarzer Konzertkleidung, die ihm ein wenig zu groß wirkte, und mit diesem vertrauten, nachdenklich-warmen Ausdruck im Gesicht. Milena spürte, wie ihr Magen sich zusammenzog.

„Ich glaube, ich halluziniere...", hauchte sie, den Blick starr auf Viktor gerichtet. Die anderen folgten ihrem Blick. Viktor hatte sie ebenfalls erspäht und wirkte unsicher, ob er eintreten sollte. Er lächelte zögernd, rieb sich kurz die Augen, als könne er nicht glauben, wen er da sah.

Langsam trat er näher. „Oder ist das vielleicht zu viel Absinth?", fragte er mit einem feinen Lächeln.

Milena brachte nur ein ungläubiges Lachen zustande. „Viktor! Was… was tust du… hier?“

Er zuckte die Schultern. „Ich habe ein Engagement beim Orchester, schon seit einigen Wochen. Ich… ich hätte nie gedacht, dich hier zu treffen.“

Ein paar Sekunden lang konnten beide nichts weiter tun als sich wortlos anschauen, fast so, als würden sie prüfen, ob das Ganze real sei. Emily, Peter, Linda und Ljubica hielten sich einen Schritt zurück und tuschelten leise miteinander. Ljubica dämmerte es: „Das muss… also, das ist dieser Mann, von dem Milena damals erzählt hat?“, flüsterte sie, und die anderen nickten.

Viktor trat schließlich ganz zu Milena. Sein Blick war tief und nachdenklich, aber auch voller Wärme. Ohne große Worte nahm er vorsichtig Milenas Hand in seine – sie ließ es geschehen und spürte ihre Knie beinahe weich werden. Er legte ihre Hand sachte an seine Brust, als wolle er zeigen: „Hier bin ich, ganz real.“

„Wenn das wirklich Schicksal ist…“, begann er mit leiser Stimme, „…dann bin ich dankbar, dass es uns wieder zusammengeführt hat.“

Milena schluckte; ihr Mund war trocken, und sie flüsterte: „Ich… kann es selbst kaum glauben. Es tut mir leid, wie ich mich damals in Wien verhalten habe. Ich war so verunsichert. Aber ich musste so oft an dich denken.“

Viktor lächelte nachsichtig. „Ich an dich auch. Ich dachte, wir hätten uns verpasst, für immer. Aber…“ Er machte eine kleine, ratlose Geste. „Hier sind wir."

Ein Warmhauch von Rührung durchflutete Milena. Sie sah in seine grauen Augen, spürte seinen Herzschlag unter ihrer Hand und hatte das Gefühl, die Welt um sie herum verschwinde.

„Das ist wie im Traum", sagte sie fast lautlos.

„Dann hoffe ich, dass wir nie wieder daraus erwachen müssen", erwiderte Viktor ebenso leise.

Ringsum standen die anderen, alle mit großen Augen und einem sanften Lächeln auf den Lippen. Ein stiller Moment der Freude, ein kleines Wunder, das hier zwischen Theaterkostümen, Musikern und zwei tanzenden Herzen geschah.

Und als Ljubica zaghaft hustete und sagte: „Ähm, sollen wir... gehen wir vielleicht was trinken?", lachten sie alle leise auf. Doch Milena und Viktor hielten ihre Hände immer noch ineinander verschränkt, als müssten sie prüfen, ob das, was sie spürten, tatsächlich echt war.

In diesem Augenblick verschmolz alles: das Wiedersehen, die Premiere, das unerwartete Zusammentreffen alter Freunde. Die Leben, die einst weit voneinander entfernt schienen, waren nun auf wundersame Weise an demselben Ort, in derselben Sekunde vereint. Und zwischen Vorhang und Bar, zwischen Jubelschreien und leisen Worten, hatten Milena und Viktor endlich die Möglichkeit, das weiterzuführen, was ihr Schicksal ihnen in Wien versprochen hatte – nur diesmal im goldenen Glanz eines Prager Herbstabends.

Kapitel 28: Die Goldene Nacht

Die kühle Abendluft der Prager Altstadt umschmeichelte die kleine Gruppe, als sie das Theater verließen. Ljubica war noch immer halb in ihrem Bühnenkostüm, in ein weites Tuch gehüllt, um die Kühle zu mildern. Milena, Linda, Emily, Peter und Viktor formten einen lockeren Kreis auf dem Vorplatz, lachten und redeten durcheinander.

„Wir sollten den Moment feiern“, schlug Linda vor, die selbst ein glühendes Leuchten in den Augen hatte. Ljubica stimmte zu, meinte jedoch schmunzelnd: „Wenn wir jetzt nur das perfekte Lokal fänden…“

Emily warf ein: „Lasst uns in die Altstadt gehen, irgendwohin, wo wir Prag wirklich spüren. Eine Kellerkneipe oder so.“

Viktor, der die Stadt nun seit ein paar Wochen wiederentdeckt hatte, nickte. „Einverstanden. Wenn ihr ein bisschen laufen könnt, weiß ich ein passendes Lokal in der Nähe der Karlsbrücke.“

Ohne langes Zögern setzten sie sich in Bewegung – sechs Menschen, die das Schicksal auf verschlungenen Pfaden zusammengeführt hatte. Die Nacht war mild, hier und da erhellten gelbliche Laternen die verwinkelten Gassen. Als sie schließlich an der Karlsbrücke ankamen, blieb die Gruppe beinahe ehrfürchtig stehen: Der Blick auf die erleuchteten Türme und die sanft dahinfließende Moldau war magisch.

„Prag ist wirklich eine goldene Stadt“, flüsterte Linda. „So schön und geheimnisvoll zugleich.“

Sie schlenderten über die Brücke, lauschten dem Geklimper eines Straßenmusikers und genossen das nächtliche Panorama. Am Ende der Brücke führte Viktor sie zu einer kleinen Seitengasse, die zu einem versteckten Restaurant hinabstieg – mit einem alten, steinernen Kellergewölbe, urigen Holztischen und bunten Glaslampen.

„Hier ist es“, lächelte Viktor. „Ein guter Ort, um den Abend zu feiern.“

Sie nahmen an einem großen Tisch Platz. Die Kellnerin kam mit Karten, und kurze Zeit später bestellten sie eine Runde tschechisches Bier, dazu einige lokale Snacks: Käsewürfel in Öl, gebackene Kolben voller Knoblauch, knuspriges Brot und Rindergulasch in kleinen Schälchen. Der Klang von Gelächter, Gläserklingen und gedämpfter Musik erfüllte den Raum.

Ljubica klopfte mit der flachen Hand auf den Tisch, um Aufmerksamkeit zu erlangen. „Peter, Emily – was habt ihr denn in letzter Zeit getrieben? Es ist viel Wasser den Fluss hinuntergeflossen, seit wir uns das letzte Mal in Serbien gesehen haben.“

Peter, der sich an sein Bier lehnte, lachte. „Oh, wir haben eine ziemliche Achterbahnfahrt hinter uns. Letzten Monat habe ich mein Geschäft verkauft - weißt du noch, wie ich davon sprach, es loswerden zu wollen?“

Milena nickte verständnisvoll. „Ja, du warst unglücklich mit dem ganzen Stress und dem fehlenden Freiraum.“

Emily übernahm das Wort: „Genau. Als der Verkauf durch war, konnten wir richtig durchatmen. Wir bereisen jetzt Europa, ganz ohne Zeitdruck. Und als Nächstes wollen wir wieder nach Serbien – wir haben uns so in die Landschaft verliebt. Denken sogar darüber nach, ein Häuschen in den Bergen zu kaufen."

Ljubica staunte. „Echt jetzt? In den serbischen Bergen?"

„Ja", bestätigte Peter. „Emily hat die verrückte Idee, daraus ein kleines Gästehaus zu machen, als AirBnB oder so. Damit wir was zu tun haben und zugleich Leute aus aller Welt einladen können."

„Wenn ihr wollt, helfe ich bei der Suche", bot Ljubica begeistert an. „Ich kenne mich dort bestens aus. Oder vielleicht auch Milena?"

Milena prostete ihr zu. „Klingt großartig. Ich bin bereit – Serbien kann so schön sein, gerade in den Bergregionen."

Sie lachten und sprachen begeistert über mögliche Orte, malerische Dörfer und notwendige Formalitäten. Währenddessen bestellten sie eine zweite Runde Bier, stießen immer wieder an, und Linda erzählte zwischendrin von ihrem neuen Leben, dem Tanzen, wie sie es in Karlsruhe entdeckt hatte.

Milena räusperte sich und wandte sich an Viktor. „So, Viktor... jetzt musst du mir erklären, wie es kommt, dass du in Prag gelandet bist. Wenn ich mich richtig erinnere, hast du einmal gesagt, dass du mit deiner Mutter aus Prag geflohen bist, weil... dein Vater nicht gut zu euch war?"

Viktor blickte in sein Bier, nickte. „Ja, wir hatten damals schwere Gründe, die Stadt zu verlassen. Ich war noch klein, meine Mutter wollte mir ein besseres Leben bieten und wir landeten in Wien. Ich hatte später immer wieder Engagements in anderen Städten, aber Prag blieb... sagen wir, ein Ort, den ich gemieden habe."

Milena spürte die Spannung in seiner Stimme. „Und jetzt? Was hat dich zurückgebracht?"

Ein leichtes Lächeln huschte über sein Gesicht. „Ich glaube, du hast damit zu tun", sagte er leise. „Nach unserer Begegnung in Wien musste ich viel nachdenken. Ich hab gemerkt, dass ich zu lange in einem Schneckenhaus lebte. An dem Abend, als wir uns getroffen haben, erzählte ich dir doch von meiner selbstgeschriebenen Musik, die ich nur für mich selbst spielte..."

Er atmete kurz durch. „Nun, ich hab diesen Improvisationen endlich eine Chance gegeben. Ich habe sie Freunden gezeigt, Kollegen, und siehe da – sie waren begeistert. Einer davon ist ein Regisseur, der wiederum Kontakte nach Prag hatte. Er wollte meine Musik für sein Stück, hier am Theater. Und als ich hörte, dass es in Prag stattfinden würde, dachte ich: Vielleicht ist es an der Zeit, mich mit meiner Vergangenheit zu versöhnen."

Milenas Augen wurden feucht. „Und... du bist wirklich deshalb zurückgekommen, weil unsere Begegnung dich... inspiriert hat?"

Viktor nickte und nahm leicht ihre Hand. „Ja. Wenn du damals nicht ermutigt hättest, dass ich meine Musik zeige, hätte ich es nie getan. Ich weiß nicht, ob das Schicksal oder Zufall ist. Aber ich bin dir unendlich dankbar."

Milena war tief berührt. Ein Kloß steckte in ihrem Hals. „Ich... hätte nie gedacht, dass ich so viel bewirken kann", flüsterte sie. „Du hast doch selbst den Mut gefunden."

Viktor lachte sachte. „Ich hab mich nur an deinen Rat erinnert: Auf die Welt zugehen, statt sie zu meiden."

„Und was ist mit dir?", fragte er schließlich. „Wie war dein Leben in der Zwischenzeit?"

Ein kurzer Blick zu Linda, Emily und Peter, die ebenfalls lauschten. Dann erzählte Milena, während sie an ihrem Bier nippte: Sie sprach von ihrer Reise nach Serbien, von dem Kloster Mileševo und den bewegenden Momenten dort, von den Begegnungen in Montenegro – und von den berühmten Eiern mit Thymian, die von ihrer Oma Rinka kamen.

„Das war so eine Kette von Geschichten", schloss sie schmunzelnd. „Und inzwischen habe ich mein Leben komplett umgekrempelt. Ich fühle mich zum ersten Mal... wirklich lebendig."

Viktor schüttelte den Kopf in ehrfurchtsvollem Staunen. „Eier mit Thymian also. Das klingt so schlicht und doch bedeutungsvoll. Ich würde das zu gern probieren!"

Milena lächelte. „Na ja, ehrlich gesagt, kann man sie nur an zwei Orten richtig genießen. Entweder in meiner Küche in Karlsruhe... oder in einem Restaurant in Budva, wo die Familie das Rezept seit Generationen hütet."

Ein schelmisches Glitzern trat in Viktors Augen. „Dann sollte ich beide Varianten probieren, um einen Vergleich zu haben. Wäre doch nur fair, oder?“

Milena lachte. „Gut, dann fangen wir mit Karlsruhe an. Und wenn wir's schaffen, geht's weiter nach Budva...“

Viktor nahm ihre Hand fester und sah ihr tief in die Augen. „Ich freue mich auf diese Zeit – mit dir.“

Sie spürte, wie ihr Herz überschlug. Ein Schauer lief ihr über den Rücken, und eine Träne rollte an ihrer Wange hinab. Viktor hob die Hand, um sie vorsichtig abzutupfen. In dem Moment war die Welt ganz klein und doch unendlich weit.

Printed in France by Amazon
Brétigny-sur-Orge, FR

29682428R00140